Sirva o coração
em bandeja de
cristal líquido

# LAÏS DE CASTRO

## Sirva o coração em bandeja de cristal líquido

ILUMINURAS

*Copyright* © *2011*
Laïs de Castro

*Copyright* © *desta edição*
Editora Iluminuras Ltda.

*Capa*
Eder Cardoso / Iluminuras

*Revisão*
Jane Pessoa

CIP-BRASIL. CATALOGAÇÃO NA FONTE
SINDICATO NACIONAL DOS EDITORES DE LIVROS, RJ

C351s

Castro, Laïs de
　Sirva o coração em bandeja de cristal líquido / Laïs de Castro. —
São Paulo : Iluminuras, 2011.
　160p. : 13,5x22,5cm

ISBN 978-85-7321-347-8

1. Conto brasileiro. I. Título.

11-2492.
　　　　　　　　　　　　　　　　　CDD: 869.93.5
　　　　　　　　　　　　　　　　　CDU: 821.134.3(81)-3

05.05.11　　06.05.11　　　　　　　　　　　　　026179

2011
EDITORA ILUMINURAS LTDA.
Rua Inácio Pereira da Rocha, 389 - 05432-011 - São Paulo - SP - Brasil
Tel./Fax: 55 11 3031-6161
iluminuras@iluminuras.com.br
www.iluminuras.com.br

# ÍNDICE

Profissão silêncio, 9
Em si mesmo, 15
Paletó de *tweed* verde, 19
Sacrifício, 27
Beijo, 33
Anu, Mentira e Xerox, 37
Sangue não é água, 41
Nada é peixe II, 47
Mãe é mãe, 53
Batom antigo, 65
Veludos, 69
Paixão, 73
Botinas marrons, 77
Cale-se, em cálice de fel, 87
Panquecas com mel, 91
Meio-dia, sob um sol de verão, 95
Da cor da saudade, 103
Abadá, 109
Navios apátridas, 115
Partida partida, 117
Traição, 121
Viúva, 127
Eu não disse isso, 131

Três anos, 137
De costas para Zeus, 143
Fila indiana, 151
O adeus mais triste, 157

Sobre a autora, 159

*Para Ester, sem palavras. Para Rosely Boschini, obrigada.*
*Para Koká, meu irmão que partiu, com saudades.*
*Para os solidários e humildes do mundo, com respeito.*
*Para a família e os amigos, sempre presentes.*

# PROFISSÃO SILÊNCIO

*Falar é prata, calar é ouro*
(provérbio do mundo)

Ele era magro tal um alfinete de cabeça e silencioso qual uma noite em Alcobaça. Quase nem fazia barulho para andar, como um gato. Sabia que, a todo barulho, corresponde o silêncio. Ficava com este lado da moeda. Quando nasceu pouco chorou e sorveu discretamente, sem gula, o leite materno. Foi crescendo junto com o próprio cabelo, já ralo, deixando ver o contorno craniano, ausência de recheio.

Ele era assim. Espelho liso, escorregadio, semente, planta, chuva e mar. Um produto da terra que à ela voltaria naturalmente, sem ruído. Desfilava sem preconceitos sua postura econômica de gestos e sentimentos. Sabia que quando se fecha a janela num dia de sol, a escuridão fica apenas aqui dentro, pois para todo breu há o equivalente em luz. Tinha essa mania, de buscar o outro lado das coisas.

Lembrava, aos cinco anos, quando era convocado a cantar para a avó enferma, o quarto com um cheiro antigo de remédios, a ausência de oxigênio, canta filho, aquelas em italiano. Lembrava também que o velocípede encalhava na areia fofa toda vez que queria correr, a vida nunca foi um deslizar fluido e sim uma pesada sucessão de fatos bruscos, pulos, sustos brunos. Quase chegara aos vinte anos sem beijar uma mulher e quando beijou, ela lhe mordeu a língua, não aceitou o agrado. Mesmo assim o gosto de sangue sempre lhe trouxe alegria e felicidade até que se tornou matador profissional, aos 26 anos. Já que não fazia barulho nem sequer para respirar poderia cumprir bem essa tarefa.

Não se importava com o quê. Ele passava pela vida como um trem pela estação. Ida e volta, ida e volta, passageiros em frevo, em aflição, violões e marchas fúnebres, pandeiros e carnavais, neve, sol areia, tormenta e desassossego. Ele apenas passava, desejando ainda uma vez a polenta amarela da mãe, perfeitamente regada com o molho de tomate quase alucinógeno. A única coisa que lhe causara prazer na vida e não se repetiria, pois a mãe estava morta. Estavam todos mortos. A cada despedida, maior se tornava o vácuo, aquele que verdadeiramente não transmite sons. Nem uma palavra de revolta, nem uma palavra de consolo. Calma. Equilíbrio. Ele jamais seria tempestade, era garoa fina caindo na montanha sem árvores. O observar, sempre. Nunca participar das cenas principais do drama — ou da comédia — da vida. Coadjuvante.

Nunca seria o começo, apenas o fim. Ele sabia que todo nascimento carrega, em si, a morte. E não hesitou em dedicar-se aos meios que apenas abreviavam a espera.

O primeiro trabalho foi realizado com tal precisão que o chefe se impressionou. Um tiro certeiro na nuca e pouco sangue. Pegou o pagamento e saiu sem ouvir os elogios até o fim. Não tinha ideia do que fazer com tanto dinheiro, a vida vale assim tanto dinheiro? A vida vale?

Pela primeira vez respirou fundo e ouviu o próprio respirar. O sofá era de um tecido escocês vermelho, amarelo e branco, os braços de madeira castanha, a cama viera da mãe, assim como as panelas e o fogão. Deitou ali e decorou 128 filmes de criminosos. Quase sem som. Quieto, durante dois meses aguardou o nome do segundo condenado. O dono de um banco que andava crescendo muito. Para todo banco que cresce há pequenos bancos que desaparecem, pensou. E foi em frente. Circulou feito um pião em torno da vida do ser humano e finalmente encontrou o ângulo perfeito. Havia uma possibilidade mínima daquela bala passar entre a árvore e o poste, entrar pelo vidro da janela da sala e atingir o coração do homem. Ele tinha nascido, porém, com o dom da pontaria. E ansiava pela perfeição.

Recebeu o dobro do dinheiro, dessa vez em dólares. Flutuando na própria solidão, reencampou o sofá e traduziu seus desejos em sorvetes de chocolate. Pensou em casar-se, mas um matador não. Pensou numa prostituta, mas não tinha suficiente coragem — a todo ato corajoso sobrevêm uma dose de medo — e menos ainda disposição para isso. Pensou numa viagem, mas viajava a serviço, separava acontecimentos. Pensou. Exausto. Pegou no sono.

Certa vez o avô pediu que ele fosse buscar uma garrafa de vermute na loja de importados do centro da cidade. Cumpriu a tarefa, aos 14 anos já cumpria tarefas discreta e corretamente. Como recompensa, pôde provar o vermute.

Então, desejou o aroma do vermute e voltou à loja, mudo. Bebeu uma garrafa na mesma noite, deixando livres as lágrimas bêbadas de saudades do velho. O único homem com quem trocara algumas palavras. Falavam de futebol, chuva e armas. Exímio atirador, o avô lhe ensinara a profissão. Lugar-comum, fato incomum, nosso homem superou o mestre. Mas ele sabia que toda superação — a qualquer momento — encontra uma relação direta com o fracasso. Portanto, puxar o gatilho com perfeição era, além de acertar o alvo, sair do cenário, ileso. Como o avô.

No terceiro trabalho viajou à Espanha. No quarto, ao Brasil. E eles se sucederam, ao todo quinze mortes secas. Olhos secos. Não conhecia as vítimas. Conhecia o mundo, de passagem. De passagens, imagens, mensagens, pousos e decolagens.

Recebeu cada um dos fartos pagamentos em total abstenção de palavras e obras. Em taciturna despresença. Carregava consigo, além da violência fria, a estranha qualidade de esvair-se no ar. Era leve e invisível.

No trabalho seguinte voou para os Estados Unidos. Deu fim a um militar da reserva, sabe-se lá por quê, nem a pedido de quem. Antes de voltar, porém, foi ao parque. Montanha-russa

PROFISSÃO SILÊNCIO  11

e trem fantasma, o cavaleiro salvando a princesa, branca de neve e cinderela, lindas. Fugiu do barulhento tiro ao alvo. A arma dele tinha silenciador.

Em casa, buscou, empenhou, desejou, até quando? Pensou novamente em ter companhia. Seus fundos já eram milhões espalhados em mil bancos. Melhor permanecer, rever, ver, abster. O tempo. O sonho. Assistiu a 128 filmes nos dois meses seguintes. Só que românticos. Um novo sofá, negro, de couro. Que não rangesse. Uma nova pintura, toda branca. Como se esperasse alguém. Nem notou que esteve quatro meses inerte, moderado, ensimesmado. Cuidado. Mal cuidado.

Sorveu um longo e sigiloso gole do vermute antes de atender ao telefone que o enviava a Veneza, terra do avô e da tal bebida.

Fez as malas.

Um trabalho perigoso. Quando o risco é maior a equivalência surge em oportunidade. Dizem. Cada cor tem a sua cor complementar.

Não ofereciam o vermute do avô no avião.

Tomou apenas água, prevendo um batismo de dor, de amor, de suor, de pudor.

O serviço, minucioso, exigiu uma ronda de sessenta dias em torno do homem marcado. A mulher dele, as filhas, duas filhas, não queria que elas fossem espectadoras da morte. E adiava o balaço na têmpora. A próxima viúva parecia uma artista dos filmes românticos italianos que assistira. Belíssima, a veneta. Parecia, queria, que dia, que noites em claro, ele saberia.

Ela não lhe saía da cabeça.

Os italianos falam alto, pensou.

E realizou.

A bala do fuzil que utilizava entregou a morte ao italiano voando a 900 metros por segundo.

Dessa vez o atirador não se esvaiu como água pelo ralo. Queria vê-la, precisava vê-la. Andava devagar e corria o risco.

Acompanhou o funeral de longe, já sem a mira. Caminhou dois dias por ali, tão triste quanto a própria Veneza.

Desejava não ter feito. Gostaria de consolar a mãe e as filhas. Voltar no tempo. Recusar-se.

Comoveu-se ao vê-las chorar.

Um matador que se comove está acabado.

Pegou o avião para casa e, de novo, não serviram vermute.

# EM SI MESMO

*Não existe um caminho para a felicidade.*
*A felicidade é o caminho*
Mahatma Gandhi

A faca sai da massa macia do rocambole, bate no chão de azulejos sextavados, dá voltas e, lentamente, estanca. Alguém abaixa e a toma, limpa-a num pano de pratos e a abandona, triste, sobre o mármore desgastado da pia. A cozinheira negra se arrasta com suas chinelas tristes, de lá para cá, dando ordens, provando um guisado, forjando em pudim o arroz mais branco entre todos os brancos.

A escada de degraus de madeira começa a sentir o roçar de pés levíssimos da mulher que desce prontinha em folha, maquiagem perfeita, o penteado corretíssimo. A mesa, vestida com uma toalha de linho, exibe a porcelana ferida com trincas e lascas.

Cada minuto é o fato propriamente dito, é a passagem. O fim desse tempo, não é um completar, mas o reinício inexorável de um novo momento dentro do velho ato de viver. O dia existe por si e não para esperar a chegada da noite. A ansiedade está nas pessoas. Ninguém pode prever os acontecimentos e isso piora as coisas.

Partir é como sair de férias, a impressão de liberdade, as malas leves do sonho, a esperança do reinício, como se reiniciar fosse possível, ser é enfrentar o encadear do ocorrer, um fato após o outro, como os degraus que ela acabou de descer. Um alfinete na planta do pé pode ferir, sangrar, mas se for eternizado ali, o hábito da dor, como qualquer dor de amor, vai se esvaziando, o sangue seca, a mágoa morre, causa e efeito, transcendência. Sequelas vão emergir como lágrimas casuais, o pisar torto, o sentir seco. O verbo acostumar-se. O fato, porém, está morto, o pó pousado em marrom, na terra.

Voltar pode trazer em si a tristeza de digerir o fim da aventura, a dificuldade e a implacável obrigação de retomar, na mesma poltrona encaroçada, a leitura do jornal de um ano atrás.

O porto seguro atrai como um ímã, é porto, é seguro, é o fim da viagem, atracação com amarras.

A perigosa promessa da reentrada dele em cena espanta os pássaros, apavora o cão, revolta a cozinheira mas tranquiliza as entranhas da mulher que aceita o olhar árido daquele homem cinzento como uma sina impiedosa. Ela prefere a presença ausente daquele ser soturno do que sua ausência, como a dor da alma, a dor do céu ou do inferno, incurável.

A chegada, consumada agora, quando o relógio bate oito da noite, apaga, feito o giz sob o efeito do apagador, tudo o que aconteceu antes. A ansiedade dela se torna medo, medo de que ele parta de novo. Os pássaros pousam, não sem espanto, nos ninhos abandonados, o cão se enrodilha em seu tremor, sob a escrivaninha.

Aplacada a ira da cozinha, o jantar é servido.

Sem palavras. O arroz vai à boca, os garfos ferem as línguas, realçados os pequenos ruídos dos talheres, os copos vão se esvaziando, como as esperanças, moles, parecem escorrer pela toalha e correr, entrando nos vãos das tábuas enceradas do assoalho e desaparecendo para todo o sempre. A abstinência de palavras embala a refeição.

As emoções, rígidas como as carnes dos mortos, não oferecem pactos de paz. Cada qual no seu canto. Hoje é noite fechada, pesarosa, de tempestade, tenebrosos trovões.

Amanhã, com a bonança, o sol entra pelas frestas e enfeita de compaixão os olhos dela, vermelhos de pranto. Ele invade a alcova do descosturado casal, senta na cama e, íntimo, busca os sapatos esquecidos, que encontra no mesmo lugar. Ela se esconde para tirar a roupa de passar a noite em claro. Ele se esconde e derrama uma lágrima. Depois, abre um meio sorriso. Ela retribui com a feição machucada e pálida, de amante abandonada.

A cozinheira, com aquelas chinelas tristes, dá início à sinfonia matinal, em notas de café preto, pão e manteiga. Sem açúcar. Nada existiu, nada existirá. Só o presente existe, como se tivesse corpo, fosse uma terceira pessoa sentada à mesa. E se instala, então, uma fragilíssima felicidade, sob a égide dos ventos que virão, que verão.

# PALETÓ DE *TWEED* VERDE

*O mundo é grande e cabe
nesta janela sobre o mar.
O mar é grande e cabe
na cama e no colchão de amar.
O amor é grande e cabe
no breve espaço de beijar.*
Carlos Drummond de Andrade

Tem sempre esse fantasma me dizendo não. Da última vez foi um sonho claro, que começava como um filme de terror, com aquela desgastada tomada da câmera que vai se movendo, como se fosse a gente que andasse pela casa. Assim, feito num filme, no meu sonho, entrei num quarto bem claro e lá estava ele, de novo, aquele ser humano que havia me dito **não** (de verdade) na adolescência, sentado, de perfil. Os meus olhos giraram pelo quarto inteiro, registrando os tons amanteigados das paredes, os móveis da mesma cor, a colcha da cama de casal meio estampada em bordô. Revivi cada gesto do amor que ali fizemos, entre pavor e paixão, loucura e razão, não sei por quanto tempo tremi, chorei, viajei pelos antigos sonhos. O que mais poderia dizer? Um transe. Foi um transe. Patético. Ao fundo uma janela que mostrava o que poderia ser um quadro imenso, transportando para dentro do quarto uma praia verde-água, do verde mais translúcido que você pode imaginar, dois ou três barcos pobres, de pesca, bem barcos, bem pobres e bem de pesca.

Que lugar seria aquele?

O sonho não explicitava, mas não seria o nordeste porque não teria barquinhos e sim jangadas e possivelmente nem teria a janela aberta, mas fechada, com o ar condicionado ligado a todo o vapor. E, como eu já disse, ele estava ali, sentado, com uma calça escura, gravata e um paletó de um tecido meio grosso, próximo ao *tweed*, num tom de verde-garrafa, combinando com o mar, com aquele rosto revisitado, meu velho conhecido de sonhos, meu grande amor adolescente, nunca realizado. Lá estava ele, nem vivo, nem morto, nem fantasma, nem robô, nem porcaria nenhuma, já estou ficando nervosa com essa projeção mental sem nenhuma lógica, mas com pressão e pressa, tensão e febre terçã.

Com certeza, ele viria mexer com o meu coração de novo e, de novo, dizer não. Eu cairia aos seus pés, como caí, pedindo ao menos um olhar, um beijo, um abraço generoso que fosse, e ele daria um abraço indolente, um beijo gelado na minha face e me diria: Não.

Não a tudo. Não te amo, nunca vou ficar com você, não quero, não gosto, não faço. Porque uma mulher nasce com esse carma e passa 20 anos sonhando que cai aos pés do homem que amou, num raro ano longínquo, e que se tornou um pesadelo recidivo, dizendo Não?

Sabe-se lá se isso é um castigo, esquizofrenia onírica, miolo mole, dá um murro no muro que essa bobagem melhora. Melhora, mas depois volta mais forte.

Pior, bem pior, é que no dia seguinte ao do sonho acordo com uma terrível sensação de rejeição, repúdio, repelência e ressaca. E aquela sensação perdura, às vezes, o dia inteiro, me atirando, sem maiores explicações, para o segundo subsolo do abandono e da exclusão.

Por enquanto, porém, eu estou dormindo e sonhando.

Convidando aquele homem para passear, almoçar, sair, andar pela praia e ele, vou embora, já é tarde, não posso ficar com você nem gosto de você, fui. Ponto importante: eu sonho há 20 anos, portanto, estou chegando aos 50, mas ele se mantém com os mesmos 23 com que começou a me fustigar de humilhações naquela distante década de 80, do século passado, não quero você, não me amola, a ladainha dos nãos. A maratona dos nãos, a novena dos nãos, mas se ele nunca me quis, por que não me deixa em paz?

No meu teatro noturno, essa atração fatal não muda de idade, não envelhece comigo, poderia bem ir perdendo o cabelo, ir adquirindo uma barriguinha à medida que o tempo passa, mas como ele é desumano (em todos os sentidos da palavra), não envelhece *um dia*. Os dentes continuam claros, a pele jovem, o sorriso superior, os olhos sem molduras de rugas, a voz jovem, a postura narcisista e sádica de quem vai, mais uma vez, me triturar de paixão e desejo e depois jogar no lixo, como um trapo, ainda mais agora que sou velha e ele o maldito retrato de Dorian Gray.

Só que, dessa vez, o sonho mudou. Daquele quarto, com a janela feito quadro vivo, ele concordou em sair e andar pela praia ao meu lado. E até aceitou o almoço. Inconscientemente, claro, imaginei que poderia ter tomado, agora, as rédeas dos meus sonhos depois de três décadas, e fui andando na frente e ele atrás. Saí do quarto e ele se levantou e se dirigiu à porta, sem me olhar. Brinquei, quis agradá-lo com uma frase feita, em vão. Nem um sorriso, nem um gesto de carinho, ele vai mesmo almoçar comigo ou escapar, me mantive em guarda.

A paisagem era um cenário litorâneo típico, uma avenida de mão dupla, um canteiro no meio com plantas surradas. Começamos a caminhar, lado a lado. Eu usava uma bermuda verde, uma blusa verde, para atraí-lo tornando meus olhos mais verdes, tomara que ele notasse como eles combinavam com o mar, ele não registraria. Aquele homem alto, moreno, de olhos castanhos, pele lisa cor de azeitona verde fresca, parecendo macia (pois ele não me deixava tocá-la) como um pedaço de cetim.

Atravessamos e fomos caminhando pela praia, um silêncio doloroso, minha cicatriz de ansiedade aberta como uma fenda na pedra da montanha.

Distraí por um momento, que foi suficiente para que o deus do meu devaneio já conversasse com um amigo e, de novo, fingia nem me ver. Esse aí vai estragar tudo, vai tomar de mim o oxigênio que respiro, a água da minha saciedade, não posso acordar agora com essa sensação de desprezo, de novo, não faz isso, não desaparece, por favor.

De repente, eu estava num correr de lojas pobres, todas de madeira, mal acabadas, na mais escura de todas as noites escuras que você possa imaginar.

Meu Apolo tinha se esvanecido com o maldito amigo e minha busca se tornava insuportável, de uma loja para a outra, eu era velha, estragada, feia, suja e abandonada como um jornal de ontem, esquecida como a justiça, negligenciada como a verdade, ali, naquela calçada. Que sol, que dia lindo, que nada, tudo acabou como num acidente fatal. Corri de um lado para o outro, feito uma bêbada antiga e, tanto corri que o encontrei no fundo, bem no fundo de um galpão também de madeira, voltando de um mergulho.

Achei. O sorriso aberto é a primeira vez que ele me sorri nesses 20 anos de sonho reincidente, o peito forte exposto, é a primeira vez que ele me mostra o corpo, e olhei em volta para ver se algo mais tinha mudado. A noite tinha se esvaído em luzes e brilhos na água verde do mar, o sol brilhava, nenhuma nuvem toldava a cena. E eu voltei ao meu verdadeiro corpo.

No auge do amor, depois de uma espera de 20 anos, me atirei nos braços, dele que me envolveu, carinhoso, romântico, mas também másculo e vigoroso. Meu corpo pequeno se perdeu naquele abraço apaixonado, molhado de sal. Minhas lágrimas se fundiram com a água do mar que ainda escorria do corpo que me oferecia, agora, aquele beijo de paixão, que valeu por todos os anos e valeria *per omnia saecula, saeculorum, amem*. Voltamos para aquele quarto e nos amamos com a alucinação dos desesperados, como se soubéssemos que seria a primeira e a derradeira vez. Não passava de um sonho, mais real que a luz que me ilumina, que a energia que me alimenta, que as lágrimas, dessas nem se fala mais, já que nelas me afoguei, afogo e afogarei. Ao final do amor ele me abraçou, aconchegou, acalentou, como se eu fosse uma criança e, enquanto tragava o cigarro de depois, disse que me amava. Dormi, pesadamente, 24 horas.

A partir dali, nunca mais sonhei com ele. No entanto, me agarrei à ideia de encontrar o cenário do último sonho e fui em frente. Era uma fixação, uma provação, todo fim de semana aqui e ali, passei oito meses e conheci, como um europeu ansioso, todas as praias menos distantes da minha casa. A investigação se tornou uma efetiva alteração biológica no meu estado de saúde e passei a investir nela cada momento de minha vida e cada tostão do meu alto salário. Demência, desvario, insanidade. Lógico (ou ilógico) que tenho, agora, consciência da minha insanidade, quem tem consciência, porém, é insano?

Vou encontrar aquela praia ainda que seja a última coisa que faça na vida, apesar de todos os pesares e haja pesares, haja comiseração, haja desgostos, haja falação dos menos amigos e haja falação dos mais amigos e de todos e pronto. Minha família tinha ânsias de, no mínimo, me internar num manicômio.

Não preciso, nem vou e nem quero ficar contando esta história degrau por degrau, hotel por hotel, praia por praia, avenida por avenida, decepção por decepção, erro por erro, descrenças, desesperanças, dias amarelos, vermelhos e negros. Anos e anos se passaram.

Estou tranquila, calma, voltei ao trabalho, sou feliz, rejuvenesci vinte anos e não embarcarei em nenhum outro delírio. Não levei nenhuma martelada na cabeça, meu dinheiro não acabou, ninguém morreu e me apareceu falando para deixar de ser burra.

Num dia qualquer deste ano, desembarquei numa praia do sul. Quando cheguei ao hotel e subi ao terceiro andar, bati de frente com um quarto bem claro e parecia, naquele momento, que acordava de um pesadelo, não era um sonho, sua imbecil, era um pesadelo e você demorou 20 anos para assimilar essa verdade tão simples.

Meus olhos giraram pelo ambiente inteiro, registrando os tons amanteigados das paredes, os móveis da mesma cor, a colcha da cama de casal meio estampada em bordô. Ao fundo uma janela que poderia ser um quadro imenso, transportando para dentro uma praia verde-água, do verde mais translúcido que você pode imaginar, dois ou três barquinhos pobres de pesca, bem barcos, bem pobres e bem de pesca.

Reconheci o cenário, porque posso ser tresloucada, extravagante, desarrazoada, ensandecida, mas não sou idiota. O quarto era aquele. Idêntico, reconstruído, como na minha ficção noturna. Revivi cada gesto do amor que ali fizemos, entre pavor e paixão, loucura e razão, não sei por quanto tempo tremi, chorei, viajei por antigas visões. O que mais poderia dizer? Um transe. Patético. Desfaleci, desmaiei e, de novo, não me perguntem quanto tempo fiquei ali (talvez outras 24 horas) atravessada na cama, vestida com a roupa da viagem, a mala de pé ao meu lado, o sol se pondo, o escuro da noite envolvendo tudo.

Ao acordar, senti um vento frio, uma acolhida longe de ser calorosa, tive pavor da morte, é melhor tomar um banho, trocar de roupa e descer para jantar, que passa. Passou mesmo, quando me vi cercada de pessoas no restaurante. Voltou mais forte, porém, quando entrei de novo no quarto e comecei a ver o cara sentado ali como no sonho, mas, lógico, não tinha ninguém lá, seria até bom que tivesse, que ele fosse de verdade, que eu pudesse contar aqui um final deslumbrante, eu o encontrei e vivemos felizes por muitos e muitos anos. Nada.

Dormi embalada por um rivotril pesadão, que meu instinto de sobrevivência adora me poupar de sofrimentos inúteis. No dia seguinte, abri a janela meio incrédula, não vai ser aquele mar verde lá fora, não mesmo, eu imaginei coisas, foi confusão mental, minha ansiedade superou a minha pobre e enxovalhada consciência.

Acerto de rota: a praia verde estava diante de mim, a avenida de duas pistas pululava aos meus olhos e, um pouco mais adiante, as lojas toscas de madeira pareciam árvores de tão firmemente plantadas em seus lugares.

Um arrepio, (que um?) dois, três, quatro arrepios percorreram meu corpo e os joelhos bateram um no outro como acontece no desenho animado, as pernas amoleceram, é tempo de gerar uma força insana, o tal do segundo fôlego que dizem que a gente tem.

Depois de uma hora, ou duas, ou três, fui. Dois baldes de café preto restauraram minha coragem e caminhei, trêmula, no sentido das lojas, pela calçada mais próxima do mar. Minha roupa começava a encharcar de tanto suor. Puro medo. O sol batia forte, o céu continuava ciano, especial para voos perfeitos, mas o calor não marcava presença, até porque, como já expliquei, o vento era fresco. Fui em frente, decidida a encontrar o galpão onde, em meu sonho, havia sido premiada com o beijo e o abraço apaixonados e onde tinha visto o único sorriso que aquela boca onipresente tinha me ofertado em três décadas de privações.

Achei. Era o fim do caminho, da história, das alucinações, das discussões psicológicas das longas noitadas etílicas batendo na mesma tecla. Vitória. O galpão estava lá, tinha sido transformado (ou teria sido sempre?) numa enorme marcenaria, havia camas, cômodas, mesas de jantar e cadeiras para vender. E homens trabalhando.

Procurei meu torturador em cada um deles, o coração na boca, mas qual o quê, eu não estou num conto de fadas. Tenho que me contentar em olhar estes homens loiros, belos, fortes, sulistas de boa estirpe, construindo seus móveis e seu sustento, a senhora deseja alguma coisa, pode entrar, pode ver nossa mercadoria à vontade.

Caí da nuvem que me sustentava na ardente e desvairada ficção e entrei, sorri, procuro banquinhos altos, disfarcei enquanto buscava o lugar exato que acolhera nosso último encontro, um ponto retirado, ao fundo.

Era um lugar à meia-luz, chão de areia batida, pranchas de madeira cheirosas amontoadas caprichosamente e nada mais. Meu corpo amoleceu e senti que precisava resistir a um novo desfalecer. Foi impossível, depois de ver o que vi: abandonado, pendurado num prego ao fundo, surrado e quase oculto pelo pó de madeira que dominava todo o ambiente, estava um paletó masculino de tecido meio grosso, próximo ao *tweed*, num tom de verde-garrafa, combinando com o mar.

# SACRIFÍCIO

*Não levante a espada sobre a*
*cabeça de quem te pediu perdão*
Machado de Assis

Era um amor tão puro que eu poderia compará-lo ao cristal que minha mãe exibia nas taças, nos dias de festa, nos jantares que não voltam mais, assim como o amor não volta, embora tenha partido o meu coração ao partir.

Um menino, não mais do que um menino, aos 21 anos, eu era assim e assim me mantive até hoje. A juventude não me escapou como o amor que escorreu como sangue de minhas veias numa trama urdida pelo destino. Simplesmente. Não que me faltassem forças para lutar. O que me faltou, foi sim, uma razão para empreender tal demanda, já que meu exército vinha de perder uma batalha com a morte e eu amava os soldados do exército inimigo.

Nas minhas últimas férias na vila onde nasci e fui criado, eu aprendi a beijar na boca e exercitei com ela o aprendizado, à exaustão. Aprendi a transar melhor, com as infelizes prostitutas da periferia. Não exercitei com ela, virgem guardada para o casamento, exigência social que obedecia. Nas minhas últimas férias antes de partir para a empreitada estudantil no Rio de Janeiro, tomei cerveja, gim e uísque, vomitei, fiquei verde e verde me mantive um dia inteiro depois do porre, ela furiosa, eu verde e nada mais.

A faculdade de engenharia na cidade grande, no primeiro ano, me ensinava bem menos. Não aprendi lá a projetar estradas e nem a projetar meu futuro. Não aprendi a construir pontes e nem a abrir a picada pela qual seguiria meu destino depois que o mundo caísse na minha cabeça. Eram a pequena cidade e ela, proprietárias da minha vontade e dos meus desejos reprimidos. E comandavam meus passos. Sempre a pracinha. Sempre o cinema, a última fileira, mãos nos seios, que se ofereciam aos meus lábios enquanto na tela John Wayne matava bandidos, atirando suficientemente alto para ninguém ouvir nossos suspiros.

Eu não ia esperar mais cinco anos para amar aquela mulher, sempre ela. Queria me casar e levá-la para o Rio de Janeiro, onde ia trabalhar feito um mouro para mantê-la ao meu lado. Nas últimas férias fumei meu primeiro cigarro de maconha e nem liguei, tinha um vício mais envolvente: ela. E parti, disposto a voltar para buscá-la em seis meses.

Não contei a ninguém, nem a ela, a resolução, que massacrava meus miolos em cefaleias, junto com o amor que escorria em suores pela minha face. O que é o amor, afinal? Eu tinha cinco anos de idade quando resolvi que viveria ao lado daquela menina de sete, para sempre. Aos 15 passei a mão em seus seios mal crescidos. Aos dezoito, molhei o dedo em sua boca para desfrutar outras entranhas, bem de leve, mas trêmulo e reagindo como não deveria. Ou deveria? Deveria ter ido mais fundo.

Mas o que é o amor, afinal? Eu pensava naqueles olhos verdes o tempo todo, queria fazê-la feliz, meu projeto era de proteção, de doação, de generosidade, de paixão, de alegria, de plenitude. Era o que eu considerava amor, quando tomei o trem naquele domingo à tarde para o Rio de Janeiro, deixando meu futuro na plataforma da estação em acenos de adeus.

Havia lágrimas em nossos olhos, saudades entrecortando o pensamento, ideais nas entrelinhas dos livros de engenharia. Havia uma corda que se estirava e arrebentava, o sacrifício da despedida escancarado por toda a cidade, quase envolvendo a todos num halo de magia. Nada a esconder. O amor é isso?

As conclusões nunca vêm e nunca virão dos apaixonados. Eles não pensam de maneira lógica. Ali estava eu, lenço encharcado, no trem que me balançava para longe.

Naquelas últimas férias eu tinha ficado pouco com minha mãe, pouco com meu pai, nada com os avós, pouco com os amigos e muito ao lado dela. Como um amante de travessuras úmidas, desvairado e contido, trocava tudo e todos pela companhia de sua pele, os cabelos castanho--claros, nenhuma beleza estonteante, apenas, eu pergunto, apenas? Uma atração irresistível, que parecia rolar em duas vias, éramos só nós dois na cidade, já não víamos ninguém, sem fôlego, nada mais, paixão é isso? Sempre ela. Seis meses nos separaram. Na volta, ao pisar na estação, senti um calafrio, um fio de gelo que nasceu nos pés e foi à cabeça. Inexplicável. As pessoas me olhavam de maneira estranha, eu feliz, direto para a casa dela, malas numa mão, presente na outra, creditando o calafrio à emoção de vê-la, mas o que me esperava não era exatamente a alegria. Ela não pode atendê-lo, está de cama, quero vê-la de qualquer maneira, sou o noivo, afinal, quase grito. O pai me olhou e baixou o olhar. Pediu-me que partisse e voltasse no dia seguinte. Resolvi não brigar, como era minha intenção primeira.

Sentei no banco do terraço de casa, cabeça entre as mãos, lágrimas escorrendo, o rosto vermelho de raiva, por não saber, o sonho tornado pesadelo. Meu pai me enfiou no carro e me levou até a casa do avô, ele quer falar com você. Desci em fúria, porque aquilo parecia uma sucessão de enganos e desenganos. Entrei e me pus diante daquele velho de 80 anos, magro e alto, sábio e tranquilo, mas que nesse momento tinha o olhar sobressaltado. Ele me pediu que sentasse. Eu me atirei, pesado, no sofá antigo, abaulado para o chão e como eu, sem uma cor que pudesse ser identificada.

Parece lógico que a continuação desta história venha com o octogenário me participando alguma desgraça e deu a lógica. Escalaram o avô para me entregar, ali, duas desgraças em lugar de uma. Lúcido, acendeu um cigarro e devagar me cobriu de susto e temor, sua mãe está com câncer terminal, menino, prepare o seu coração, menino, você não vai passar o natal com ela. Um punhal rasgou o meu coração despreparado, as lágrimas assomaram aos olhos, quero ver a mãe, vou para casa, sente-se menino, que uma desgraça nunca vem sozinha. Onde tem uma tem duas e onde tem duas, três.

Sentei-me trêmulo e silencioso. Parecia que qualquer ruído extra não faria sentido, já que a dor houvera tomado a sala inteira, com uma densidade de quase cortar com faca. O velho puxou uma tragada do cigarro, assoprou a fumaça. Permaneci sentado, nunca tinha reparado direito naquele tapete.

Sua noiva está grávida e o pai é o seu irmão. Ouvi bem? E ainda falta a terceira desgraça? Ouvi mesmo bem?

Espero que você não cometa a terceira, menino, já que ela será a morte materna. A terceira vai acontecer hoje, meu avô, eu vou matá-lo agora. Pensei, mas não falei.

O velho leu meu pensamento. Vá ver sua mãe e fique ao lado dela até o amanhecer que ela precisa de você. Dor amanhecida é como pão dormido, fica meio mole, murcha, amaciada. Ruim, pior, mas amaciada. Assim, me obedeça, em respeito aos últimos dias de sua mãe.

Eu desmaiei, não em sentido figurado, mas literalmente. Caí para a frente, bati a cabeça, abri o supercílio, o velho se assustou, médico é a mercadoria mais necessária ultimamente nessa família. A avó gorda veio, triste, gelo, três pontos, a cidade inteira parecia me olhar com um misto de pena e desdém, um olhar de compaixão e desprezo, de comiseração. Não me importava a impiedade alheia, só queria agora ver minha mãe.

Em casa, cruzei com meu irmão. Outra punhalada no coração despreparado, menino. Ele vinha saindo do quarto onde a mãe agonizava e tinha os olhos vermelhos de pranto e dor. Meu ímpeto de matá-lo morreu ali, ele era menor que eu, mais para o parrudo e tinha até uma barriguinha. Nunca saíra da cidade, ajudava o pai na loja, eu tratei de abraçá-lo. Amava aquele cara que pouco via ultimamente, nossas diferenças seriam resolvidas depois do enterro.

Ele entrou no quarto, mão sobre o meu ombro, como se pedisse desculpas. *Ordem, seu lugar, sem rir, sem falar, uma mão, a outra, ordem, seu lugar, sem rir, sem falar.* Agora é um jogo entre dois adultos.

Existem fatos definitivos e esse era um deles. Uma pergunta sem resposta fervia a minha cabeça. Naquelas férias negras, aprendi a conviver com perguntas sem resposta. Aprendi a mudar minhas decisões como mudava de roupa.

O trágico final da mãe, acabou por apagar o meu ódio, quem odeia diante da morte? Um corpo desaparecendo a cada dia, com menos de 40 quilos, quem pode odiar diante de um sofrimento maior, meu filho, olha pelo seu pai e não deixa a família se desintegrar, promete que não, confio só em você, menino. Quem pode odiar diante do fim, do adeus?

Nas piores férias da minha vida, enterrei minha mãe, com a presença do pai tão profundamente triste e do irmão mais velho, ele mesmo. Aquele.

Voltamos do cemitério, os três, de mãos dadas, diante dos olhos estupefatos da cidade. Voltamos, para enfrentar o quarto vazio, a casa vazia, enorme aos meus olhos.

Cumpri a promessa, mantive a família em uníssono.

Naquelas férias aprendi a esquecer, a dominar a ira, a apaziguar a dor, a sofrer em silêncio. Naquelas férias aprendi que o amor pode se desfazer no ar como o corpo amado da mãe se desfez. E que o amor não é menos volátil que a vida. Naquelas férias aprendi a prender meus gritos na garganta. E a perdoar.

# BEIJO

*Não existe nenhum disfarce que possa
esconder o amor durante muito tempo onde
ele existe, ou simulá-lo onde ele não existe.*
La Rochefoucauld

E então aconteceu. Atrás de um armário tosco, na casa mais simples que a mais simples das casas, na casa mais distante que a mais distante das casas. Também ele não tinha nada que estar lá, num cenário que era meu, naquela festa patética, mas que era minha. Por que sempre eu acho que tudo lá é meu quando nada é de ninguém de verdade, desde que o ser humano descobriu que o caminho tem começo, meio e fim. As coisas existem por si mesmas, acontecem independentemente de quem faça a figuração, não se submetem a leis.

Naquele dia, porém, naquela hora, roubei o lugar para mim, o cenário para mim, o casamento para mim, eu me sentia dona de tudo mesmo não sendo dona de nada e pronto, acabou. E não aconteceu por excesso de álcool e não aconteceu por alucinação adolescente, nem nada. Digo isso porque a festa apenas engatinhava e nós deixamos de engatinhar há 45 anos. Juntos, nossos lábios, naquela noite, selaram quase um século de espera. A sabedoria da espera. Todos sabiam que iria acontecer um dia. E o dia chegou, tão simples quanto o sol nasce, quanto ele se põe, quanto a lua surge, quanto ela tinge de claridade leitosa o verde das plantas.

Existiam as ruas, as casas, as pessoas, as cadeiras, as mesas, os bancos de jardim, a rádio pirata, as balas de coco feitas para vender, a revista de contos de amor e bebíamos com tal avidez o dia a dia que não sobrava tempo para sonhar. A rotina era um sonho, porém nunca soubemos disso, na nossa imbecil ambiguidade adolescente.

Durante o dia eu era uma menina, pique, pega, peguei, barra manteiga da fuça da nega, bisteca não se mexa, sol, muro para pular, goiabeira para subir, galho fino de goiabeira não quebra é resistente como o aço. Madeira de estilingue, quem matar passarinhos vai para o inferno.

À noite os hormônios ferviam, os namorados, as carícias inocentes, o baile com vitrola, o dançar com os amiguinhos, aqueles mesmos do futebol do dia. Tempos de molecagem, de nadar em rio límpido, de inventar boleros de rosto colado no clube rústico.

Mas havia aquele homem. Noivo, oito anos mais velho, proibido e inacessível, feio, vigoroso, quente, os olhos gulosos sobre o meu corpo de menina, queimando a minha pele à distância, um estranho e ainda desconhecido desejo que passava a mil quilômetros da minha cabeça e ainda assim me envolvia como a noite envolve a terra. Eu tinha de cor os horários dele, ele tinha de cor os meus. Éramos então como árvores plantadas no caminho, para ver e ser vistos. E o olhar, apenas o olhar, enrubescia o rosto, tremulava as bandeiras da sede, fazia engasgar, tossir, umedecer, que dia, que semana, que mês, que ano, e o tempo passou.

Nossos fluidos foram ferver em outros lábios, outras terras, queimar em cadeiras e sofás diversos, cidades cosmopolitas, camas macias, maiores, outros países, mundo afora e aquela expectativa sensual e vetusta se consumiu em esquecimento. Evaporou-se em nascimentos, mortes, planos desfeitos, projetos consumados, ódios, dias de trabalho, ócio, noites de insônia, de amor, pranto, muito riso e pouco siso, intermináveis sessões de paixão e boêmia. Um dia após o outro, um palco após o outro, um ator após o outro. Uma atriz. A vida passa como o circo, com os malabares e o trapézio, o medo das feras, o algodão-doce, o palhaço e o silêncio.

Nossa vontade se espanou em outras mesas de bar, coquetéis, cinemas, teatros, museus e múmias, estradas longas, lembranças aguçadas e, por fim, apagadas.

Ele lá e eu aqui, digo isso porque estou sempre comigo onde quer que esteja e nunca estava onde ele estava, onde quer que estivesse.

O que ele foi procurar naquela festa melancólica, quem deixou que ele entrasse lá, quem disse que ele tinha o direito de anular os espaços entre nós naquele abraço e deixar a mão escorrer nas minhas costas desnudas pelo decote, ressuscitando e fazendo ressurgir das cinzas o mesmo velho desejo e nada mais se diga, pronto, acabou.

Eu já sabia que aconteceria quando ele deslizou o indicador sob a alça do meu vestido, por todo o ombro, como num aviso, quando preencheu com as mãos os vãos dos meus dedos como um uísque preenche os vazios deixados pelo gelo no copo. O que ele foi buscar naquele sítio apagado, naquele mato longínquo e quem lhe permitiu manter sobre mim aqueles olhos feios e fascinantes, fazendo emergir de alguma gruta secreta do meu cérebro aquela ansiedade imatura?

O suor escorreu por todo o meu corpo e os sonhos de terror derretiam como o bolo de padaria com glacê azul-turquesa, naquela festa desoladora, a sala abafada pelas centenas de pessoas que ali se espremiam na esperança de provar um naco. Onde é que eu fui me meter e o que ele faz aqui (além de passar por mim a todo instante e me roçar a mão de forma abusada e insana) não sei e ninguém nunca saberá. Ele me deixava a mão na mão, na bunda, nos seios, nos braços, sem querer, olhando para o outro lado, numa provocação inusitada, ele, o noivo distante e proibido para a criança de milênios atrás.

Numa fuga consentida por uma porta lateral, ele se apropriou do meu corpo e me empurrou para aquele quarto sombrio, a colcha de chenile esgarçada, de um róseo desbotado sobre a cama e foi, com o perdão dos estetas, atrás de um guarda-roupa vagabundo e tosco que trocamos nosso primeiro, único, último e mais ardente beijo.

Um beijo guardado em nossas bocas por 40 anos, terno, carinhoso, vigoroso, másculo, como se gritasse, poderia ter sido diferente, deveria ter sido diferente, permanente, indecente, caso você nunca tivesse partido.

Poderia ter sido mais simples, mais chão, flor no jardim, sorvete na esquina, mais tempo no banco da praça, as mãos dadas e pronto, acabou.

O beijo lamentava, o beijo quase falava, deveria ter sido como nós queríamos, você todo o tempo nos meus braços, na minha sala, na minha cama, na minha mesa, minha igreja, meu cinema, minha vida. Vamos lembrar de novo que nada tem dono. Até os móveis existem apesar das injunções e delas libertos. Era isso. Nada era meu, tudo era dele, ali. Nada era dele, nem havia sido e nem seria, jamais.

Sem filosofia barata, por favor. Sem tolo sentimentalismo. Sem dissertações rasas como covas de indigentes. Pronto. Acabou.

Eu correspondi àquele beijo como se ele encerrasse uma era, como se a árvore morresse, a fruta apodrecesse, agora sim, o sonho acabou. Primeiro o roçar de lábio, depois a língua me descobrindo, procurando cada recanto da boca, amante, apaixonada, suave como se aquele fosse, mais do que um beijo roubado, um beijo de adeus.

Entendemos. Já sabíamos. Éramos tão diferentes que nosso esperar por quatro décadas, uma viagem para além da espera, uma esperança eivada de desesperanças, um louco amor, não ultrapassou a barreira do desejo e se esvaiu ali. Esvaiu-se, amargo, entre os goles do refrigerante quente daquela festa estúpida e entre as bocas varadas pela solidão.

Ele cercado de filhos e da mulher, os mesmos olhos furiosos sobre mim, as pernas e os braços de outrora, mais cansados, gordos e flácidos. Eu, envolvida numa paixão profunda e serena há 20 anos, os sentimentos grisalhos regendo a alegria permanente do amor correspondido, a verdade indescritível e infinita de ter sido contemplada com o final feliz. Nenhuma culpa. Mas certamente nunca mais seríamos os mesmos.

# ANU, MENTIRA E XEROX

*A solidariedade é o sentimento que melhor
expressa o respeito pela dignidade humana.*
Franz Kafka

Eles me escolheram, se é que criança pobre e órfã tem escolha, tem nada, só tem pé com bolha, tampa de dedão arrancada em tropico, tênis grande e cobertor pequeno, além de surto de coqueluche.

Eu também não escolhi nada, sou meio banana e quando abri os olhos o Xerox estava aqui morando comigo, mais triste do que a própria tristeza, acovardado feito cachorro sem dono era o que ele era. Xerox veio com esse nome porque já nasceu copiado, o irmão gêmeo dele morreu com um ano e a mãe também, depois de poucos oito anos, passageira do trem da discrição, comprou ida sem volta. Então o Xerox está aqui, assim, olhos de jabuticaba, remela de limpar todo dia, magro como um caniço, que resistiu sabe o anjo por quê.

Vou enumerar os meninos que se deram por meus filhos, amém, nesse pouco tempo: tem o Boca Santa, que trouxe a carga de um lábio leporino, toma suco de canudo pra não escorrer no queixo, põe a comida lá no fundão da boca, idem. Ele é primo do Fruco, que adorava jogar truco e nem preciso explicar mais nada, preciso? Lábio leporino é de família, não sei e nem quero saber, mas pegou os dois de arrastão e cortou as bocas pelo meio. Só que esse danadinho, menor e animado, chegou tirado a vitrola, canta, canta e a gente não entende nada.

Todos de pai e mãe mortos, de tiro ou briga, encrenca, felicidade de bebedeira ou fome mesmo, que a foice da bruxa nunca vem pra voltar de mãos abanando.

Os meninos são magrelos menos o Anu que, como todo mundo sabe é um pássaro-preto crescido, e o Anu também. Taí, esse é destemido. Coberto de trapos e de razão, do alto de seus dez anos e encarapitado no último galho da mangueira do terreiro, como um passarinho mesmo, vai jogando as mangas madurinhas cá pra baixo pros moleques mais molengas se melarem de açúcar e bem-aventurança. Quem nunca chupou uma manga do pé não viveu a vida, eu digo e assino embaixo, a gente faz um buraquinho no alto e vai batendo e puxando aquele creme como se fosse amamentada pela fruta, pelo leite da natureza.

Vivemos aqui como uma família, os irmãos se quebrando de porrada, eu apartando, cozinhando ou não fazendo mesmo nada que também quero que se ferre, que se emperre, não sou de ferro. Palavrão como eu quem mais fala é o Afogado que foi tirado do rio por um motorista de um caminhão que puxava areia, escapou por um pau de graveto seco, baixou uns três dias na Santa Casa de Misericórdia para esvaziar a água que tinha engolido e agora emplacou a cama do alto da beliche do quarto dois. Anda de bicicleta, sua, do verbo suar (que aqui ninguém tem nada de seu), gangorra, balança, mas tem um medo de água que prefere ver o demo em pessoa. De vez em quando a gente esguicha ele que é pra lavar de roupa e tudo e aí ele empaca que nem mula, acho que o ascendente desse menino é mula, ele passa o resto do dia no sol, secando. Bonito que só vendo, ele exibe sem saber uma pele morena de dar vontade de comer chocolate e pisca aqueles olhos verdes que não escondem de quem é filho, besta é quem vai falar isso de político importante na cidade.

São cinco meninos renegados ao lixo como limão espremido, entulho de obra, humana sobra, resto de enxurrada, suas histórias banais, nas calçadas da vida, aceitei essa tarefa e não me arrependo, puta que o pariu.

Até porque criança é o enfeite do mundo, é dente de leite pulando fora, catapora, o sonho girando em bolas de capotão, quem sabe o que é capotão levanta a mão, gol, planta bananeira, cabra-cega, pegador, *bença* tia, *bença* madrinha, tia, madrinha, tudo sou eu. Não me importo não, gosto de ouvir a voz deles, ver o colorido do corpo, a coisa de não exigir nada além do necessário, criança não tem aquela mania besta de guardar dinheiro pra pagar o coveiro.

E o povo traz saco de abacate, uma semana inteira sobremesa de abacate, bolacha quebrada da fábrica, leite direto da vaca ao consumidor, bom pra dar dor de barriga nos meninos, saco de milho. É um tamanho esganar em cima da espiga dourada e do curau que todo dia o coco sai amarelo, até que a safra acabe. Melancia também vem de monte, uns tarugos de carne do frigorífico daquele prefeito de olhos verdes iguais aos do Afogado, eu disse prefeito, mas não quis dizer, retiro.

Vem também uns pães amanhecidos da padaria, também vem doce que vai vencer no dia. Estamos bem pimpões assim. Nossas camisetas toscas, a cabeça sem piolho, os lápis curtinhos de tanto uso, a unha quebrada, o tombo e o sangue no supercílio, dez pontos no cotovelo, filho da puta não me sobe mais nesse balanço de pé. Criança é música ao vivo.

Agora eles levantaram mais um quarto na frente que já tem freguesia certa. Querer eu não queria, mas, como eu disse, quem agarrou essa empreitada de criança pobre e órfã tem escolha?

Vai ter banda tocando, discurso e até corte de fita pra inaugurar a ala feminina do meu casarão, muito meu, meu pai me deu de verdade, doe um quilo de feijão, um quilo de arroz, não me traga açúcar que açúcar empedra e nem sal que sal é barato. E também se faltar a gente come sem sal mesmo.

A verdade é que eu não tinha mais de onde tirar um puto antes de abrir meus batentes e portas aos desvalidos, também já vinha órfã e andava bebendo umas. Numas.

Nesse quarto vou embalar o sono de uma piabinha que caiu aqui que nem gota de chuva, cabelinho desgrenhado, o rosto assustado, olhos meio de índia ou japonesa, uns oito, nove anos, sem lenço e sem documento. Se o juiz der uma força e botar um nome nela, se resolve tudo logo e a Mentira já começa a ir pra escola. Mesmo mal falando, ela já foi ganhando esse apelido, não que tenha algum dia faltado com a verdade que criança órfã não tem verdade, nem porcaria nenhuma. É que a mal acabada da menininha tem o tronco longo e as pernas curtas. Mas mesmo assim é muito bem-vinda.

# SANGUE NÃO É ÁGUA

*Pensar é um mistério, falar é outro.*
*O homem não passa de um abismo*
Jaime Balmes

Sério, diretor de uma multinacional, Eliseo, era naquele tempo, o que se chamava nos anos setenta de cheio de manias: voltava três vezes para ver se o portão da casa estava fechado antes de entrar no carro para ir ao trabalho, despedia uma vez só da mulher, mas três vezes das sobrinhas que todo domingo ia visitar. Tinha uma dezena de tiques esquisitos aquele descendente de italianos da região de Nápoles, do reino de Nápoles, não sou italiano, sou napolitano. Nada vem ao caso agora, quando nosso personagem tem apenas o silêncio para nos emprestar.

Ele se mantinha quieto. Se a mulher rosnava, enfiava a cabeça no jornal, se ela reclamava da falta de atenção dele, enfiava a cabeça no jornal, se ela queria visitar a família, mandava o motorista levar e enfiava a cabeça no jornal. Se ela, afinal, queria ir para a Europa, comprava a passagem e enfiava a cabeça no jornal.

Não ia ao aeroporto porque estava ocupado em seu silêncio e tinha medo de dirigir. Não viajava porque tinha mais medo de avião do que de dirigir. Nem para rever a Itália viajou. E fumava desbragadamente, após dezenas de cafezinhos que eram tomados gole a gole, a cada dez ou quinze minutos, cada gole numa nova xícara o que resultava em dezenas de xícaras sujas cada vez que visitava as irmãs, que já conheciam suas estranhezas. No escritório, havia pilhas de papéis por assinar, tantas quantas as pilhas de xícaras usadas, como em bar de subúrbio.

Escarpado, aquele homem poderoso, perfeito, sem pecado, sério, sóbrio como um terno preto e rigoroso com os comandados, era um manteiga derretida com as sobrinhas — manda um beijo pro titio, manda um beijo pro titio, manda um beijo pro titio, repetia sempre em tréplica — pegava toda e qualquer criança no colo, não tinha filhos sabe-se lá por quê, segredos de casais não devem, não devem, não devem ser esgaravatados.

Todos os dias acordava cedo, tomava o café reincidente e seguia para a lida, sem palavras. Dava mais atenção ao irmão mais velho, à irmã casada, ao cunhado e às irmãs solteironas, um homem decente nunca abandona irmãs solteironas, do que à esposa. Ninguém sabe a verdade, mas comenta-se à boca pequena que ele estava noivo de uma e teve que se casar com outra, porque a família dela inteira foi cobrar a desonra que havia perpetrado. A moça estava grávida, foi o que se afirmou. A mãe dele, italiana tradicional, católica-apostólica-romana, matriarca e voluntariosa, ordenou o desmanche do noivado e o casamento com a desonrada.

Mesmo jurando inocência por todos os deuses, São Vito e Santo Antonio de Padova, Santa Catarina de Siena, pela Senhora da Achiropita e por Santo Ignácio, Eliseo obedeceu à ordem materna. Casou-se com Rosa numa cerimônia pálida, anêmica, inexpressiva e sem nenhum entusiasmo, não sem antes chorar copiosamente, como um garoto, pela noiva perdida, por quem nutria uma paixão imensurável. Nas lágrimas, deixou escorrer também toda a alegria de viver, fechou o sobrolho e levou-o assim, fechado como uma montanha de pedra, até o túmulo.

Com o pranto, engoliu toneladas de revolta e sabe-se lá que juramento fez a si mesmo. O que se sabe é que, depois disso, pouco sorriu, aquele homem, tirante com as sobrinhas na visita dominical, virado em criança, ninando bonecas, esquecido da vida triste que se impunha ou se lhe haviam imposto.

A noiva grávida nunca teve o filho, a barriga não cresceu, ninguém entendia o mistério e menos ainda ousava perguntar, melhor calar, calar, calar, três vezes, sempre. O silêncio rondava a casa, que mais parecia um sepulcro. O casamento seguia vazio como uma capela abandonada, ele colecionando esdrúxulas peculiaridades, ela colecionando dias solitários e noites frias. Antes simples vendedor, Eliseo tinha atingido a vice-presidência da empresa e dava ordens a partir de uma sala imensa no imenso prédio do centro da cidade, enfiado em ternos pretos de risca de giz, gravatas vistosas e um paletó que se fechava sobre o ventre proeminente em quatro botões, no melhor estilo jaquetão mafioso.

Não tardou a ter sua nova casa num bairro luxuoso, longe do bairro da *famiglia*, que, no entanto, visitava semanalmente. Comprou galaxies e dodges darts, os carros mais caros e reluzentes, reluzentes e reluzentes da época. E assim se foram duas décadas. O casal sem filhos.

Como aborrecimento paralelo, o irmão mais velho enfartado, há mais de dois meses num hospital, complicações se sobrepondo e lá ia ele, às visitas, duas, três vezes por semana até que um dia encontrou, no quarto fraterno, a ex-noiva. Como um animal encurralado, os pensamentos bailando em círculo e o corpo banhando em suor, mal pôde cumprimentá-la. Fugiu, de novo, de novo, de novo, como um coelho da raposa, e mandou o motorista levá-lo a um bar.

Pela primeira vez na vida deixou de ir para casa. O que ela estava fazendo lá, *Dio Mio,* fazia tanto tempo... Seria amiga da irmã casada, que ia ao hospital todos os dias, mantendo aquela mania de assistência total a que os italianos se obrigam, em família?

A cabeça rodava como pião de moleque craque, as indagações se seguiam, a vida revisitada, revisitada, revisitada, cena a cena, um filme branco e preto, um, dois, três copos de vinho, uma garrafa. Linda, a Vanda, *Dio Santo.* Como estava bela!

Queria voltar ao hospital, mas não tinha forças. Planejava ir lá todos os dias ver a Vanda de novo, não, não queria, queria, não queria, queria, *Madonna mia*.

Era um quarto de hospital branco, cenário nada propício a romances recidivos. Revendo o filme da própria vida ele compreendeu, sem que ninguém contasse, que a noiva, humilhada e expulsa de sua vida, tinha se tornado amante do irmão mais velho, já viúvo, àquela época... As visitas se sucederam e nada mais vou dizer porque nada mais me foi perguntado.

Em casa, sobrevivia. Marido e mulher em paralelo, numa solidão de mãe que perde filho, visitaram as respectivas famílias em estranha mudez, acompanharam os caixões dos pais e das mães sem emoção.

A promessa se manteve cumprida, cumprida, cumprida, até que a morte os separe, porém também a indiferença se manteve íntegra, irrestrita, cabal. Seus caminhos se descerravam pavimentados em indefinível apatia, um misto de inércia, desgosto, ataraxia e desdém. Não havia brigas e nem diálogos. Apenas um desapego glacial.

Quatro décadas se passaram do dia do casamento até que ele, finalmente, se libertasse daquela prisão pela morte. Morreu sentado ali, na sala, o rosto enterrado no jornal, como se quisesse aterrorizá-la para sempre, com a presença do corpo inerte na mansão. Ela manteve os olhos secos, como secos eram seu coração e seu útero, depois da estrada pedregosa que, juntos e solitários, haviam percorrido.

Sozinha em casa, uma semana depois, dona Rosa recebeu a visita de uma jovem tímida, 15 anos aparentes, 18 pelo registro de nascimento. Nome do pai: Eliseo.

Dona Rosa pegou o papel e leu de novo. Como se tivesse, agora, se apropriado da mania do morto, que carregava aquela síndrome do movimento repetitivo, leu três vezes aquele nome. Até poder crer ou realizar que o que lhe acontecia ali era mais verídico do que um raio de sol matinal no verão e mais transparente do que a água que saía da torneira ao lado. Então, aquele desgraçado, lazarento, pútrido, tinha uma filha. Aquele homem que não errava, que não descumpria leis, não desrespeitava regras, não aceitava transgressões, tinha uma filha fora do casamento infértil.

Tomada de ódio, perplexa pela surpresa e cega pela ira, dona Rosa expulsou a menina a berros agudos de rancor, o rosto vermelho, a cabeça fervendo, o pensamento enevoado e as narinas abertas, bufando como um touro na arena, prestes a ser abatido.

Seu ódio maior era não poder esbofeteá-lo agora, que estava enterrado sob sete palmos de terra, inerte e frio como sempre fora durante a vida. A jovem menina partiu, porém a imagem dela permaneceu nítida, clara e perfeita nos olhos da viúva. Como uma cena estanque de um filme de terror. As sobrancelhas eram iguais às dele... O jeito de andar, de falar... *desgraciatto*, que queime agora no fogo do inferno por toda a eternidade. Com as palavras saíam de sua boca uma baba raivosa e gotas de sangue.

A catarse do sofrimento fez explodir suas veias e ela mergulhou num infarto rubro e fulminante, morrendo de idêntica causa, na mesma posição em que o marido morrera sete dias antes, naquela lúgubre poltrona em que vira o funesto espetáculo.

Não a matara a traição, mas a aparência da garota: tinha as mesmas mãos, o mesmo queixo quadrado, o mesmo sorriso raro do silente morto. Não a matara a existência da moça, mas a mentira com a qual fora brindada durante anos. Não a matara a presença da jovem, porém, agora sim, a fúria selvagem pela repulsa definitiva com que ele reagia, durante aqueles 60 anos, à ideia de gerar um descendente.

Morta, esvaída em sangue. Gélida como o casamento a que o obrigara, permaneceu na poltrona dois dias, até que a encontrassem, olhos abertos como se tivesse visto um fantasma. Morreu de amor, dissertaram os vizinhos da direita.

Não suportou a ausência do marido amado, reeditaram os vizinhos da esquerda.

O que se disse e o que se disser daquela união nunca será a verdade. O que houve entre os dois ninguém jamais saberá. Segredos de casais morrem com eles e, assim, o mistério se cobriu de terra, como seus dois corpos. Eliseo, porém, não era um homem de originalidades. Assim, soube-se em seguida que Vanda, a ex-noiva era, e é, a mãe da jovem de sobrancelhas grossas.

Herança sangrenta recebeu a menina. Mas também polpuda.

# NADA É PEIXE II*

*Nós nos recusamos a ser o que você queria que*
*fôssemos. Somos o que somos, é assim que vai ser*
Bob Marley

Quer dizer, quem arrumou não fui eu, mas aquela mocinha bonita do consultório do dr. Sabe-Tudo, meu oculista, que agora chamam de oftalmologista, quanto mais sofisticado for o nome, mais cara a consulta, aquela moça loirinha que não estava vestida de médica me arrumou uma empregada.

Naquela tarde em que eu fui lá e acabei ficando até mais tarde, sim, porque não via nada mesmo, como já falei em outra ocasião, depois de dilatar a pupila, no meu cérebro só se traduzia uma imagem de borrão, uma mancha de luz, só pude sair de lá já bem escuro.

Já que está, que fique. Fui ficando no consultório, não tem um café por ali, nem uma água, só banheiro, ainda que tem banheiro e olhe lá. Conversa vai, conversa vem, eu vou conseguir alguém para fazer companhia para a senhora. Cumpriu a promessa, menina de palavra. Porque o zelador, aquele que só me responde ahm, ahm, prometeu há dois anos e não trouxe ninguém, falastrão. Essa, ao contrário, me telefonou e eu aceitei manter, com a senhora apresentada que foi transformada em eficiente acompanhante, um diálogo distante entre patroa e empregada, lógico, que cada um tem que ficar no seu lugar nesse mundo de deus me livre, senão nada se ajeita. Nada é peixe.

---

\* Esse conto é continuação de um outro, que foi publicado no primeiro livro da autora, *Um velho almirante* (Editora ARX, 2006).

Eu prefiro que ela venha aqui e já veja o tamanho do apartamento, são só 350 metros, perto da nossa antiga casa é uma verdadeira edícula.

A gente vai envelhecendo e começa a gastar mais dinheiro com médicos, remédios, tem que morar com mais modéstia, parcimônia mesmo. Eu preciso ficar esperta porque os dias de hoje são cheios de perigo e de pessoas sinistras que preferem matar a gente do que ganhar o pão e o brioche de cada dia de maneira honesta, saudades de Maria Antonieta. Eu também tinha uma amiga que fazia brioches, mas morreu de repente, coitada, jogávamos gamão, um deleite e eu ainda saboreava os brioches, tenros, aveludados, açúcar de confeiteiro... eu que o diga.

Onde é que eu estava mesmo? Ah! A empregada. Um tição, um verdadeiro carvão de fogueira de São João entrou pelo meu apartamento adentro, uma senhora cheinha, digamos assim, perto dos 45 anos. Meus olhos sem glaucoma puderam ver também uns dentes bem brancos, alvos, ousados pois aparecem em sorriso para fora da boca o tempo todo. No início me assustei, recuei, quase recusei, mas silenciei.

Eu tenho cinco quartos e mais um de empregada e nada para preenchê-los, além dos tapetes persas, e móveis de ébano, e os espelhos de cristal de Baccarat e o relicário com os santos barrocos do século XVII, nada disso conta?

Nada é peixe.

Sem contar o cofre das joias que esse eu não confesso onde fica nem sob tortura pode ir me cortando a ponta dos seios com estilete ou furar meus dentes com picador de gelo e martelo que eu não conto e pronto, ponto. deus me livre.

Onde é que eu estava? Na cozinha com o tição e a moça do oculista, quer ganhar quanto, que roubo pago metade, vou embora, pago um pouco mais, quero receber o justo e registro na carteira, casa, comida e roupa lavada, uma saída por semana, todo domingo eu tenho que ficar sozinha, não preciso engolir ninguém no domingo, pelo menos um dia na semana essa solidão confortável, ninguém, nem nada. Nada é peixe.

Combinamos, melhor ficar com o tição do que sem ninguém, como me deixaram meus familiares nesse abandono recíproco, eu disse recíproco e ainda digo sinistro e canhestro. Eu estudei nas melhores escolas do mundo e também aprendi a falar português, não como esses jovens de hoje que, além de ter perdido os plurais em algum quintal precário, só aprendem inglês e agora deram pra decorar mandarim, deus me livre.

Falei sinistro abandono porque o nome dos que sumiram também sumiu do meu testamento, eles não vão receber nadica de nada, nem um tostão furado, nem um ovo podre, ovo ao contrário é ovo, nadica, de nada é peixe.

Agora eu tomei coragem e saio com a Tição pra passear, troco ideias de que roupas e sorvetes e queijos levo para casa todos os dias. Temos um congelador cheio de sorvetes lindos, de todas as cores, marcas e sabores, quase igual àqueles de confeitaria, agradeço o que meus olhos ainda enxergam para ver todas essas cores, graças ao dr. Sabe-Tudo decifro com prazer e água na boca cada uma dessas tonalidades, eu tomo dois por dia e a Tição também, que não é por um sorvete que vou derreter a porcaria da minha conta bancária, então já que tem, que tome.

Congelador agora se chama frízer, como oculista que virou oftalmologista. Só pra custar mais caro. Tem uns que moem gelo, sim senhora, ou servem gelo em cubos, Tição, você não acredita porque não sabe de nada. Nada é peixe.

Onde é que eu estava mesmo? Ah! Depois de empertigar a minha acompanhante em brancos uniformes de belíssimo linho, engomados, vamos circular pelo shopping, que agora tem esse nome, antes se chamava Mappin, agora mudou de nome para custar tudo mais caro. Também se chamava Sears, mas agora é shopping. O que tem lá dentro é a mesma coisa, até o restaurante no Mappin era mais chique, tinha violinos tocando, um chá da tarde sofisticado... agora tem um sanduíche de carne que se chama hambúrguer, só para custar mais caro. Mas Tição e eu gostamos de experimentar um de vez em quando, ela come com grande gula, embora seja bem gordinha, recheadinha, deus me livre. Eu sou magra como um bambu, parece que vou quebrar a qualquer momento, estalo, entorto e não quebro.

De noite assistimos à novela e comentamos. Tição considera o bandido mais bonito do que o mocinho, mas gente assim, diferente de nós, tem mesmo estranhas opiniões, eu me conformo em ouvir e depois especificar certos pontos, mas ela parece cochilar, só porque as sete da manhã eu exijo meu café pronto, meu banho quente, meu suco de laranja e meus remédios todos separados e enfileirados por ordem de cor, que graças ao dr. Sabe-Tudo eu vejo muito bem as cores sobre a toalha de 300 fios de algodão egípcio. E o dever dela é acordar as 6 da madrugada para servir-me. Depois, enquanto eu tomo meu banho, sozinha e autônoma, ela pode tomar o café, que sou generosa, deus me livre de deixar alguém com fome dentro da minha própria casa, bem, digamos, dentro dessa gaiola onde estou exilada, banida, instalada. Condenada? Nada. Nada é peixe.

Outra coisa que fazemos juntas é ir ao cabeleireiro, eu para cuidar das unhas que não esmalto, pois considero essa coisa de esmalte de classes inferiores, deus me livre, eu apenas cuido das minhas duas dezenas de unhas e lavo e corto os cabelos enquanto Tição vai lá apenas para ler revistas e conversar com as mocinhas, coitadinhas, aquelas que cuidam da nossa higiene pessoal, digamos assim. Claro que as minhas despesas aumentaram bastante e pensei até em vender um dos meus 46 escritórios alugados na região dos jardins em São Paulo para viver mais folgada, porém refiz as contas e conclui que não seria necessário. Ainda. Por enquanto. Até agora. Assim, assim. Só para nós duas, para a cozinheira e para o novo motorista, ainda está tudo bem.

Vocês ouviram bem o que acabei de enunciar?

Quando eu era menina minha mãe mandava que eu recitasse para as visitas e todos aplaudiam, me chamavam de linda e talentosa. Acabei de recitar alto e bom tom uma novidade que vai soar maluca aos que me conhecem. Azar deles. Pouca sorte deles. Faço o que eu quero e ninguém me manda. Em um ano contratei o filho da Tição, o Ticinho como meu *chauffeur* e a nora como cozinheira. Vivemos os quatro na mais perfeita harmonia, nada de antipatia nem implicância como eu vivia com minhas sobrinhas antes. Dona dona quer comer agora, dona dona quer seu chá na cama, dona dona quer que passe a blusa, dona dona prefere jantar salmão ou filé com legumes, dona dona. Dona do meu nariz.

Não preciso mais de ninguém da minha família, nem da compaixão deles e nem de nada. Nada é peixe.

Minha saúde tem melhorado dia a dia, no outro fim de semana fomos até uma estação de águas. Acertei vários tiros na barraquinha do parque de diversões e ganhei bolas e ursinhos de pelúcia preciosos. Experimentamos maçãs do amor. Lógico que de vez em quando sinto um certo pejo de estar andando com essas pessoas, mas como eu exijo que estejam sempre uniformizados e engomadíssimos, Ticinho de gravata, Tição de branco linho, já disse isso, não disse, acho que disse e a cozinheira também, nossas diferenças ficam patentes e faço questão de mantê-las. Tem que ser assim para sair comigo na Mercedes verde-folha, somos pessoas diferentes, mesmo andando juntas. deus me livre.

O zelador que antes só me fazia ahm, ahm deve estar com uma vontade louca de passear conosco, mas não vai. Não vai. Fica aí na guarita, roendo cabo de guarda-chuva, que é o que ele merece.

E os meus sobrinhos devem estar nervosos porque eu ando gastando dinheiro. Bem, que calmos estejam pois gaste eu ou não, não vão ver, nem cheirar e muito menos colocar aquelas mãos imundas no meu dinheiro quando eu for voando para as nuvens divinas, eu, uma mulher boa dessas, desprezada em vida por aqueles fracotes, filhotes de purê de batatas, de tão moles. Nadica de nada. Nada é peixe. Por enquanto não estou pensando em morrer. No meu próximo aniversário, de 72 anos, vamos todos comer fora. Quero ver quem, no restaurante, vai pensar, nem pensar, deus me livre de meus ímpetos, em barrar Tição e Ticinho de sentarem à mesa comigo. No melhor restaurante do clube mais fechado da cidade. Eu imagino essa cena e começo a rir por dentro, por antecipação, de satisfação, que memória que nada, bom mesmo é a gente fazer o que quer na vida. Vou jantar com os três lá, na melhor mesa e pedir os pratos mais caros do recanto. Com direito a um vinho, para pingar rubro nas toalhas de linho branco como o uniforme da Tição. Sobremesas sofisticadíssimas para eles se lambuzarem. E ninguém vai poder refutar, objetar, retrucar, nem reclamar de nada. N-a-d-a! Nada é peixe.

# MÃE É MÃE

*Se ela voltasse mil vezes, mil vezes a acolheria.*

Era a terceira vez que ela batia à minha porta sem um tostão, pedindo abrigo, socorro mesmo, ou você me deixa entrar e dormir aqui ou eu vou para baixo do viaduto, que é de onde ela nunca deveria ter saído, mas saiu e se saiu muito bem, tão bem quanto um garoto novato que consegue entrar de primeira no vestibular mais difícil da cidade depois de decorar uma redação genérica e acreditar na sorte para ticar os buraquinhos do gabarito. Tem gente que acerta mesmo e faz e acontece e, mesmo sem ter feito nada, chega lá e senta no trono, vai para o trono ou não vai? Vai.

Primeiro é preciso dizer que eu amei, para além da desventura, a mulher que foi minha mãe, apensar dela usar uns oito nomes próprios, uns quatro sobrenomes, de nunca ter me contado o nome do meu pai e de conseguir me derrubar várias vezes na vida, moral e socialmente. Eu a amei, com aqueles olhos azuis que azuis herdei, com aquele jeito maluco de sair gritando de um minuto para o outro, com aquela rispidez diária, semanal, mensal, com aquela aridez de gestos.

E imagino mesmo, ou quero imaginar que aquela linda mulher, de cabelos loiros macios e cacheados tenha me amado também. Como eu a amo. Mesmo depois de morta, jamais deixará de ser o meu norte, suporte bambo de dois pés, sem nenhuma estabilidade psicológica, um dia mãe, noutro a madrasta que me enfiava goela abaixo uma maçã envenenada. Num dia planejando me fazer rainha, engendrando meios e modos para eu ser coroada em Mônaco, no outro com vontade que eu apenas morresse pra parar de amolar, mas sempre à vontade com suas artes e espetáculos, cachimanas, ardis, burlas, engodos e manganilhas.

Sua ausência é um corte no meu peito, rasgado com a faca afiada da aflição, o sangue invisível que escorre quente dos meus olhos ainda hoje, a saudade com que sua falta marca minha solidão a cada noite, como se marca a ferro em brasa o boi vencido, prova de mansidão e amor.

Dito isto, vale registrar que, todos os brinquedos de parques de diversões (e que diversões), mais noturnas que diurnas, em que dona Vitória girou e cirandou, giraram e cirandaram em torno de mim e dos meus caminhos, atalhos, veredas, sendeiros, embora eu tenha seguido o caminho oposto, o silêncio imposto, o medo suposto, a verga do desgosto e tenha tido o coração deposto em pranto tantas vezes quantas me encontrei com ela depois de me tornar adulta e independente.

Naquela terceira vez que, infelizmente (eu a queria viva), foi a última, dona Venância, outro de seus nomes, todos com a letra vê, já chegou abatida, magra e cansada, carregando um câncer quase generalizado que, apesar de todos os meus esforços, empréstimos, dívidas, lágrimas e nenhum arrependimento, levou-a embora, dessa vez para bem longe do trono. Vai para o trono ou não vai? Agora, não.

Jurada do Chacrinha, acreditem, dona Valquíria (era o nome verdadeiro, porém detestado) chegou lá. Recém--migrada de um nordeste tão seco quanto seus olhos que jamais choraram, pobreza loira, danou-se a querer virar cantora. Tanto cantou os homens, desde os bastidores até a direção da tevê que passou, em alguns meses, de caloura a jurada do programa de calouros mais famoso do país, vai para o trono ou não vai? Vai.

Ali, poderosa, coroava de elogios todas as moças bonitas, que depois levava para a casa e, dizendo que iam ser cantoras, enfiava no mau caminho, ou bom caminho, sei lá, só sei que assim começou a faturar mais do que o bordel da Eni de Bauru (o mais famoso da época) num amplo apartamento, quem falou que ela não ia para o trono? Bem verdade que minha mãe construíra um trono particular de cimento, esperma e lençóis de cetim vermelhos, uísque falso e conhaque de terceira, não se aceita cheques que aqui ninguém é imbecil, meu amigo, assim nem vai entrar, pode sair andando. O apartamento era no centro da cidade, tacos luzidios, janelas cobertas por páginas de rainhas do carnaval da revista *Manchete* e rainhas da nossa canção popular da *Revista do Rádio*, tapetes altos em estilo pelego cor de maravilha, flores artificiais no vaso sobre o centro de mesa de crochê de lã, fica comigo menina, que você vai chegar lá, menina, vai ser rica e famosa.

Nem vou discutir esse tipo de sucesso. Haveria e ainda há mais a discutir, muito a descobrir, em manobras esdrúxulas e mal contadas, minha mãe, minha fantástica e melancólica mãe, brilhante e opaca mãe, tulipa e erva daninha que me gerou, passei a vida inteira buscando o direito de decifrá-la, para que sua lembrança não me devore.

Todavia, para quem chegou ao sul maravilha, que mói sem piedade a maioria dos que desovam dos paus-de-arara, como se diz, com uma mão na frente outra atrás, ela era o máximo elevado à décima potência, e falo em porcentagens e potências porque estudei matemática, embora ninguém vá acreditar. Pois bem, escolham aí o nome da melhor faculdade estadual do país e foi nela que eu entrei. Vocês estão diante da filha da dona Valéria, hoje doutora em matemática, concursada, contratada e estabilizada na vida como titular da cadeira de matemática da dita cuja faculdade. Vou para o trono? Não. Nunca andei como ela em busca de tronos.

Voltem no tempo e na história e vão me ver: tímida, primeiro com 10, depois com 12, 14 e até 16 anos, vivendo num apartamento inchado de moças patéticas, compassivas e trágicas, os dentes meio calabresa, meio mussarela, estragados, o batom vermelho e a infelicidade carimbada no rosto sob espessas camadas de base e pó de arroz. Porém, atenção, simpáticas comigo, que tinha colo e beijos de todas menos de dona Vilma, a mãe querida, desejada e mais distante que a Sibéria, tão gelada quanto ela própria. Fria como o ouro de tolo que arrebanhava aos borbotões com seu rebanho chocante.

Com esse ouro, no entanto, matriculou a menina, que mal via, e pouco queria mesmo ver, na melhor escola da cidade. Contratou uma negra a quem se convencionou chamar madrinha e separou-a das hóspedes, num apartamento ao lado. Preservada. Uma. Única. Número ímpar.

Vai para o trono ou não vai? Vai, com as minhas saudades.

Agora a adolescente era submetida a uma solidão incomensurável, pois que a mãe consentia em ir vê-la no máximo uma vez por semana, como vão os estudos, tirou nota boa, mostra a caderneta é assim que eu quero, bem chique, menina estudada, vai ser médica, doutora.

Passava longe do abraço e mais longe ainda do beijo, a menina sonhava com o afago como uma gata no cio, como um cão abandonado, com o menor carinho que fosse, um olhar meigo talvez, um toque na mão, um mimo, todavia isso não havia e nunca haveria, era melhor ela engolir a dor, que mal entendia, como doença crônica e pronto.

A madrinha oferecia dengo e cheiro, virou uma mãe preta bem amada e morreria muitos e muitos anos depois, foco na menina, agora mulher, a derramar suas primeiras lágrimas fúnebres. Mas essa é uma outra história e nós ainda estamos vendo a filha de dona Veneranda, loirinha, o azul-turquesa nos olhos, esguia como um graveto, pernas finas e longas, cabelo amarelinho cacheado, virar gente, terminar o ginásio, o colegial e entrar com méritos na melhor universidade da capital. Enquanto isso a matriarca jogava no bicho, tornava-se amiga de deputados, cuidava de uma polonesa velhíssima que vivia solitária no sétimo andar, executava ordens escusas de pessoas escusas, misturava-se a bandidos da pior espécie, a empresários respeitáveis, a office-boys e a policiais, enfim, a tudo que fosse passível de ser extorquido por meio das meninas, teve uma até que foi para o Japão e enviou mil dólares, a cada mês, por dois anos seguidos, porque tinha enfiado na cabeça que também era filha de madame Vê.

Deixe-se aqui bem claro que esse perigoso coquetel humano não poderia render bons frutos por muito tempo e quando a bomba estourou parecia a de Hiroshima, não restou pedra sobre pedra.

A ordem foi desaparecer do centro da cidade por uns tempos, eu então fazia meus trabalhos de faculdade num quarto podre de um hotel barato na periferia, bem pra lá do fim da cidade, como é que vou explicar onde era essa merda? Era bem pra lá de deus me livre, virando à esquerda e andando ainda uma boa hora e uns oito maus quarteirões.

No caso da minha mãe, sempre no trono, rainha Vitória, a história se escreve letra a letra, passo a passo, minuto a minuto e num minuto, vamos encontrá-la já vestida como uma dama, respeitável mãe de família, amiga de todo mundo no bairro paupérrimo, vai para o trono ou não vai? Vai. Ah! Se vai!

Posando de mãe zelosa com uma empregada negra, uma filha matriculada na melhor universidade da cidade, tinha vindo parar ali por um desacerto da sina, uma fatalidade casual, um erro de cálculo do fado.

Uma atriz da melhor espécie, tenho que reconhecer, que Fernanda Montenegro, que nada, minha mãe conseguia ser aplaudida até quando saía de um buraco do esgoto, o queixo apontando para o alto, em ar de desafio permanente ao mundo em volta. Em dois tempos era amiga antiga e íntima (talvez hoje eu dissesse bem íntima mesmo, mas naquele momento não entendia muito bem o que estava acontecendo) do dono da venda, do mercado, da quitanda, da oficina. Tinha um carro, dona Venérea, talvez por isso tenha arrumado logo um fiador, passando do hotel para uma casinha com varanda, a filha, o retrato do falecido marido que nunca havia existido,

MÃE É MÃE 57

uma jabuticabeira no quintal, mas sobre a cama o mesmo lençol de cetim que lá de fora ninguém via, e na mesa o mesmo vaso de flores de plástico sobre o crochê de barbante, bastante encardido.

Quem imaginou ou ousou supor que, ao desaparecer, ela não tivesse entrincheirado um bom bocado de ouro, pensou bobagem, posso ter levado um tombo mas não caí de cabeça, vim bem prevenida mesmo e ainda vão me ver de volta praquele prédio, vão sim, se vão.

Clarividência, indecência, malemolência ou ciência da melhor qualidade, depois de quatro mortos, feridos ou desaparecidos em seu antigo círculo de amigos, e três anos de exílio, ela entregou a casa, deixou dívidas robustas na oficina, na venda, no mercado, na quitanda, na costureira e até na manicure e desapareceu da periferia do mesmo jeito que havia aparecido. Anônima. Ou melhor, com seus oito nomes. Vai pro trono ou não vai? Vai, sim.

Voltou para o prédio, instalou-se madame, três andares abaixo da polonesa velhísssima, eu já moça, formada, a madrinha, o cachorro pequinês que naquele tempo era última moda e o Corcel II na garagem, sem um tostão no bolso, mas com mirabolantes planos na cabeça e amigos na agenda, lembram-se do deputado, do delegado e do policial? Normal.

Digamos que essa foi a primeira vez que ela bateu, não à minha porta, mas no meu ombro e insinuou que eu poderia trabalhar. Assim foi dito e assim se fez. Professorinha de matemática de colégio de freiras dos mais michangas, nunca mais parei de colaborar com a conta bancária daquela mulher a quem amava mais do que a mim mesma. Venerava dona Veneranda e seus mil nomes fascinantes, suas lantejoulas e vidrilhos, a inteligência rápida (dizem até que esta eu herdei, mas não vou escrever em causa própria) aquelas mil faces e facetas, a santa, a cafetina, a linda, a cantora, a educada, a debochada, a baixaria, a cabeça mais doida com que me deparei na face da terra.

Aquela personagem materna exercia sobre mim uma atração fatal, eu poderia trocar dez anos da minha vida por dez minutos de colo e amor. E nunca, mas nunca mesmo abriria mão da licença de poder admirá-la naquele dia a dia perverso e desorientado, cruel e desgovernado, mau rematado e letal. Era meu norte desnorteado, meu sossego desassossegado, eu a amava mais do que Penélope a Ulisses, naquela espera infinita do abraço que nunca veio, um amor filial carente, candente, gentil, e sublime. Vou para o trono ou não vou? Vou, sei que vou.

Eu a amei quando fui morar com meu primeiro namorado e ela passou semanas gritando na porta que ele tinha roubado a filha dela da casa materna, ah, como eu me sentia valorizada e querida, afinal, dona Valdirene, ali, provando que me amava.

Curioso era que as meninas de boa família, justo agora, tinham resolvido transar com seus namorados, adidos sexuais, primos e outros seres do sexo masculino com os quais tivessem alguma identidade. Corria aquele universo de libertação sexual do fim dos anos 70. E os clientes da nova casa de Madame Vê começaram a rarear. Eu não acreditava e jamais vou crer que, entre um berro e outro para que eu voltasse ao seu teto, ela chorasse copiosamente porque estava sem caixa. Eu estava absolutamente convencida e decidida a manter este credo: se ela me procurava era porque me amava.

Eu a amei cada vez que recebi uma televisão de última geração de presente no meu apartamento, uma doutora como você não pode ter essa televisão velha e feia, minha filha, olha essa que beleza... acompanhada do carnê, claro, para que eu pagasse as mensalidades. Ou uma geladeira que soltava água gelada pela porta e ninguém tinha, mas minha filha merece, manda para a casa dela e ela paga no cartão, eu faço em seis, oito vezes, está ótimo.

Aconteceu perto dessa época, alguns anos depois, a primeira vez que ela bateu à minha porta com uma mala de roupas na mão, acompanhada da empregada negra e do pequinês, mantida a pose de Rainha da Inglaterra, embora desmantelado o palácio. Botei as duas para dentro.

Em duas semanas havia um caos instalado em minha vida, o namorado se mandou de maneira drástica, de tal forma que me retirei e assumi todas as despesas daquele e do meu novo apartamento. E lá fui eu, não sem uma saraivada de palavrões da melhor estirpe, livros atirados nas costas e outros pormenores que não devem ser citados.

Deixei o apartamento com a televisão e a geladeira e fui viver, sem o homem do qual gostava, numa quitinete mínima, um daqueles apartamentos já-vi-tudo, tão pequeno que quando a gente entra já vê o apartamento inteiro, com meus tratados de cálculo integrado, trigonometria, filosofia da matemática, pedagogia do ensino da aritmética e outras exatices que afinal, me salvaram, salvariam e salvarão para todo o sempre.

Ninguém pode negar à minha mãe a bendita obstinação de ter exigido que eu me formasse, mas parece que aquilo era uma fixação de migrantes, e até de imigrantes talvez, porém foi bom, afinal. Não fui médica como ela desejava, mas me dei bem com os números. Vai pro trono ou não vai? De novo, ela merece subir os degraus de veludo vermelho, sentar-se na cadeira real e olhar de cima para baixo os pobres mortais aplaudindo seus feitos.

O fato é que nesta segunda vez, demorei muito para voltar a mim, pois parecia que ia, a qualquer instante, abrir uma vala no chão para me engolir. Andei deprimida, chorando pelos cantos da universidade, era um caso mal terminado diziam, era um caso mal começado, pensava eu, pois tinha a correta noção de que eu estava apenas no primeiro capítulo da parte que me cabia naquela cruz pesada.

Uma visita aqui e uma visita ali e lá estava eu de novo, como uma tola, procurando o desconsolo que cansei de conhecer (obrigada Chico Buarque) em seu colo, seu braço frio e distante, que se estendia com boa vontade para apanhar o cartão de crédito e entregar as faturas.

A roda da fortuna mais uma vez bateria à sua porta. Dona Virgilina resolveu visitar a polonesa.

Estou me alongando, contudo tenham paciência, pois aqui começa uma nova história já que, com madame Vê, nunca se admitiria uma história monocórdica ou monocromática. Aquela era uma dama multifacetada em seus encantos (ainda tinha encantos em torno dos 48 anos, atraía homens de todos os escalões e gostava disso. Preferia, no entanto, sinceramente, repassá-los às mocinhas que vendiam mais caro seus serviços).

Voltemos, então juntos, ao cansativamente revisitado prédio do centro da cidade, e ao apartamento da velha polonesa que, a essa altura dos acontecimentos, já chegava aos 100 anos e precisava de banho, sopa quentinha e roupa passada e lavada, assim como já não entendia nada à sua volta. Tudo andava calmo por ali de novo e, assim, a madrinha negra (que era um anjo, mas já estava velha, gorda, desdentada e sem saída) e dona Valentina se instalaram no amplo apartamento da clara senhora.

De novo eu não tinha mais acesso nem aos olhares pedintes da querida mãe, de novo estava expurgada de seu mundo, pois ela já não precisava de meus parcos depósitos, meu pequeno apartamento, minha segurança insignificante de professorinha, minha filha doutora bem que poderia ganhar mais, que porcaria, estuda tanto pra nada, ser camelô na 25 de Março ia dar mais dinheiro.

Dona Vitalina estava, agora, adentrando os domínios da polonesa com seu time da divisão especial, para vencer a tudo e a todos e sair com a taça de campeã do mundo. Louça trincada ao lixo, porcelana ao leilão, limoges à melhor oferta, cristal de Baccarat por uma ninharia, móveis de mogno a preço de móveis de pinho mole, vai que é tua, cara, pega e paga logo a mercadoria, pronto, até logo, e batia a porta na cara do comprador que também não merecia o céu e levava, em lotes, a casa inteira. O apartamento da polonesa era forrado de tapetes rasgados, porém persas. O vaso do centro da mesa, vazio, era

MÃE É MÃE 61

de cristal de Lalique, os talheres de prata escurecida, a louça francesa estampada com flores delicadíssimas e os cristais, tchecos, exibidos em mesinhas redondas ao lado de sofás mais puídos que cotovelo de cobrador de ônibus. Fui notando, em algumas visitas que aquilo tudo estava desaparecendo e que surgiam, no lugar, louças e outros apetrechos domésticos com aqueles contornos que eu conhecia bem: louça e talheres vagabundos, tapetes tipo pelegos de cores exuberantes e pelo alto, a polonesa já não enxerga bem mesmo, quero que se dane é preciso comer e refazer a vida, ora bolas.

Vou pular um ano e me poupar a dor da morte da negra. Eu chorei feito criança a perda daquela que foi meu segundo grande amor. De verdade. É que como estou contando a história do primeiro vocês podem não acreditar. Eu amava aquela madrinha preta que me ninava no colo a cada noite, umas três mil noites, sem pular nenhuma.

Em seguida, como não poderia deixar de ser, vem a morte da polonesa e a maior surpresa do mundo: minha mãe, dona Venérea era herdeira universal da viúva sem filhos e um novo teatro se instalaria no apartamento agora dela, a estreia majestosa de uma nova temporada de sucessos, madame Vilma ataca outra vez de protagonista.

Justiça seja feita, resiliência ela esbanjava, parecia uma Fênix a ressurgir das cinzas a torto e a direito, parecia monstro de filme de adolescente que nunca é vencido. Vai para o trono ou não vai? Claro que vai!

Eu a amei de novo, mesmo enviando compras para meu quitinete, depois encontrei outro caminho, casei, e vivi feliz por uns 15 anos, ela lá e eu aqui. Havia uma névoa de mágoa, que vinha de lá para cá, ela não perdoava o que chamava de abandono e eu não considerava ter me casado ser abandono nenhum. Embora houvesse um buraco inexplicável no meu peito, tão concreto que chegava a doer, aquele novo amor me enrodilhou, exorcizou a carência afetiva, até um filho tive e entendi exatamente o que ela sentia desde que o moleque, quase imberbe, me deixou para viver em melhor companhia. Também me saí bem, enfim, nestes anos dourados que assim os chamei, chamo e chamarei.

No entanto, como não há mal que sempre dure e nem bem que nunca se acabe, deu um pereco na velha mãe e ela despachou as meninas, vendeu o apartamento e me mandou um aviso telegráfico: vou viajar você que se dane por aí não volto nunca mais e tiau e que deus te abençoe apesar da sua ingratidão. Vai pro trono ou não vai? Em Pernambuco, com a grana da venda de um bom apartamento, estava de volta a grande figura de Madame Vê, rainha Vitória, reescrevendo o livro *A visita da velha senhora* ainda uma vez, coberta de semijoias baratas, batons vermelhos, cabelos agora tintos de acaju e enormes óculos escuros de camelô sobre o nariz. Voltou para sua cidadezinha de origem coberta de pérolas falsas, de empáfia e de razão, desfilando sua riqueza temporária, o nariz empinado como um de uma galinha bebendo água, esbanjando desprezo e dinheiro nas rodas de cerveja noturnas do puteiro mais famoso, onde hoje entrava como convidada oficial e especial, para descontar com juros as vezes que entrou humilhada e não se fala mais nisso.

Como dinheiro não aceita desaforo, o rio desse desengano desaguou na porta da minha casa, pela terceira e última vez, como falei lá no início.

A princípio eu não acreditava, por motivos óbvios, nas crises e nem na doença que ela já carregava como um fardo doloroso na viagem de volta, câncer aqui e ali, quase generalizado e aí também vou pular esse pedaço que não sou leão, nem leoa, nem o rei da realidade e nem rainha da fantasia, não quero e nem posso encarar todo esse sofrimento com uma coragem felina para saltar muros. Quero e posso apenas saltar os muros e engolir o sabor de quinino que a toda hora me vem à boca.

Seria de mau gosto ficar desfilando, como em carnaval de terceira classe, os sangramentos e dores do câncer, a assiduidade das internações e os raros momentos de paz da

MÃE É MÃE 63

velha que agora se aninhava num quarto ao lado do meu. Não durou mais que 10 meses o mórbido espetáculo que a tirara do trono para onde jamais voltaria.

Para finalizar esse drama, *mutatis mutandis*, mandei cremar o corpo num caixão branco, o mais caro que encontrei, ao som de três ardentes boleros, um na vigorosa voz da Ângela Maria, outro com o Odair José e um terceiro, no cansado e *caliente* espanhol de Lucho Gatica que interpretou *La barca* para todos os ouvintes, desta sua filha que muito a quer e muito a ama e que vai sentir saudades para todo o sempre, neste momento cinza e sombrio, se despede agradecendo a presença e a solidariedade de todos os amigos que aqui compareceram. Amém.

# BATOM ANTIGO

*Todo o inferno está contido numa única palavra: solidão.*
Victor Hugo

Então eu escolho as amoras mais vermelhas e com elas tinjo meus lábios, como se o batom de minha velha avó tivesse voltado à vida. Como se o sangue regurgitado pelo avô na hora da morte encharcasse a minha boca para embelezá-la. E saio pela noite.

À vista do primeiro pecado, ruborizo, mas desisto, pois não é exatamente o pecado que busco. Estou caçando um pecado solteiro, de boa aparência, pode até ser tímido... Ninguém que me agrade ao paladar na cervejaria, ninguém no bar da praça, pequenos desvãos no terceiro bar, no quarto me sento. E espero. Não fumo, esqueça. Não bebo, esqueça. Espero só que no guaraná, mais de uma hora a fio. O sacrifício se esvai quando surge a amiga, mais semeada de esperança do que eu e senta e fuma e toma cerveja e fuma e toma cerveja e fuma e toma cerveja e olha e eu olho e olhamos para todos os lados.

Esse ritual se repete a cada sábado e domingo e para mim só deu certo uma vez. Isso não me desestimula. Nunca se sabe se aparece por aqui um viajante, um vendedor de bolachas e tem que ficar no hotel porque deixou de visitar alguns clientes.

Minha avó sempre dizia que não se despreza pretendentes, com algumas exceções que eu não posso citar aqui porque ela era imersa em preconceitos, alguns engraçados, outros bem próximos do perigo, politicamente incorretésimos, não vou falar, já falei que não vou falar.

Essa cidade é pequena e parece que os homens se exilaram, carreira, dinheiro, liberdade ainda que tarde. Aqui tem paz, segurança e ruas desengarrafadas, o que mais tem são ruas vazias, aliás.

Eu saio rubra, mas também poderia sair verde de raiva ou roxa de ódio por ser obrigada a repetir esse ritual todo sábado. Menos no sábado da Aleluia que tem baile e eu danço e choro de dor nos pés.

Meu último namorado foi o filho do despachante, a gente transou até acabar a vontade de transar um com o outro. Aí acabou a vontade e ele saiu andando, como se nada tivesse acontecido e eu saí andando para o outro lado como se não fosse comigo. Fim. Nem era comigo mesmo. Uma bobagem antiga, bem antiga, que meus olhos já não viam com bons olhos há tempos.

Hoje, sim, é comigo. Tenho que arrumar um namorado novo e bonito e gostoso, de preferência bem dotado das partes, carinhoso, rico e que toque violão. Gosto de música, minha avó toca piano quando está viva. Ah, o namorado, se nada disso for, não faz mal também. Nem tem importância se não tocar violão e tiver as partes, digamos, menos favorecidas. Hoje eu arrumo um namorado que dance comigo agarrado, que me chame de querida e minta que me ama. Tá bom assim.

Já faz duas horas que estou sentada aqui, minha amiga já se encharcou como esponja velha, de cervejas, eu já me embuchei de guaraná diet, light e zero e o vermelho da boca saiu. Detesto batom, sou meio alérgica, uso amora. Meus lábios já mostram a palidez que lhes é peculiar e agora nenhum homem se chega mesmo. Vencida, passo o batom da amiga, faço dois toques no rosto e espalho o carmim nas faces com o dedo do palavrão. Minha avó não gostava de palavrão, ela, neta de condessa, bisneta de baronesa, que vivia empertigada na cadeira de balanço dizendo que nobre não fica corcunda. Hoje ela definha na cama, no leito, prefiro morrer, minha neta, me mata, por favor, que nobre morre de pé.

Então eu fecho os olhos para não ver aquela cena, sento de costas, escorrego minhas mãos para o bordado e continuo a rematar flores vermelhas e folhas verdes sobre a toalha que, como dezenas de outras, vai para o meu enxoval. E bordo e bordo e bordo e transbordo de alegria com o resultado, mas meu dedo sangra.

A camisola do dia eu bordei inteira de branco porque imaginei que fosse casar virgem. É de lese. Eu tenho mais duas, uma de lese cor-de-rosa, com o barrado todo bordado em rosa queimado, uma cor igualzinha à do tijolo com que construíram o túmulo do meu pai, bem longe daqui, mas eu vi, que eu estava lá. A outra camisola é verde-água, imagino que meu futuro marido vá gostar. Nem bordei essa, porque o lese era especial, veio com as tantas flores necessárias. Tenho também, no baú da velha avó, oito jogos de roupa de cama, dois de linho, três de algodão grego, três de flanela, que pensei em inverno e verão, eu penso certo. Posso casar com alguém do norte ou com alguém do sul, eu penso sempre certo.

Estou aqui sentada há quase três horas. O único homem que me olhou foi um que empurrava um carrinho de mão cheio de garrafões de água para o bar. Agora estou sem ter com quem falar, porque minha amiga está conversando com o moço da mesa do lado. Isso não vai levar a nada porque o moço tem uns dezesseis anos, cheira a mamadeira, leite regurgitado, o que ela quer com ele? O que ele quer com ela?

Eu fico aqui, assim em silêncio, a maior tristeza do mundo é o silêncio, o silêncio, para mim, significa a morte. Minha avó fazia uma barulhada antes em casa e dizia que era vida. E também fazia uma compota de goiaba vermelha de regar a boca com felicidade, crocante por fora e macia por dentro, com uma calda densa. Hoje ela está silenciosa, não temos mais compotas, nem belas histórias, nem queijos do leite da vaca, nem muffins, nem sonhos. Nem sonhos.

A avó também era criadora de sonhos. Na cozinha, aquela massa perfeita, toda por igual, adocicada, eles surgiam, das mãos já azuladas, perfeitamente redondos, sem arestas, eram fritos rapidamente, secos sobre papel de seda, envolvidos em açúcar cristal, recheados com um doce de leite meigo e liso como cetim, não esqueço, não esqueço. Também pouco lembro, pois há anos não vejo um. Isso era na cozinha. Na sala, ela criava sonhos sobre o meu futuro, o príncipe encantado, nobre, solícito, gentil, educado e teríamos muitos filhos, também príncipes e princesas.

Eu sonho ainda. Eu me sento ao lado dos candelabros de cristal para sonhar com aquelas histórias que ela contava. Eles não têm mais velas e estão ofuscados pela televisão, que me acorda do delírio feliz da avó quase morta. Não falei de minha mãe aqui porque ela partiu quando eu nasci. Partiu para a terra dos pés juntos, que medo. Fiquei de presente para os velhos, porque o pai, todos podem imaginar, deu o fora. Pais são assim. Só aqui na cidade uns vinte, que eu conheço, deram o fora. Fiquei virgem e mal falada, silenciosa e desbocada, inteligente e esquisita, mentirosa e sincera, bonita e feia, princesa e plebeia, feliz na infância, infeliz.

Hoje eu espero a avó partir para partir. Entendeu? Ela vai encontrar a minha mãe e eu vou partir para outros mundos, em algum lugar deve estar escondido aquele príncipe de quem ela tanto falou. E ele vai surgir vestido com um pulôver rubro, pode ser bordô. Pode ser um pulôver cor de sangue, pode ser sem pulôver. Se ele não aparecer aqui no bar até a meia--noite, uma da manhã vá, que seja, duas da manhã, volto para a mansão meio alquebrada da família e espero mais um dia.

Enquanto isso, toda noite deito na solidão da minha cama de solteira e rezo para que a amoreira se mantenha viva e dando frutos, porque detesto batom.

# VELUDOS

*Um dia ele se levantará e não pensará nela*
Laïs de Castro

O sofá vermelho dominava, com sua empáfia antiga, a enorme sala de visitas, embora puído e manchado à esquerda, onde ele mantinha o cinzeiro e a mão, já que canhoto. Passava a mão direita pela coxa enquanto a imaginação voava para fora da grande casa envelhecida, vencendo a janela e tomando caminhos que se multiplicam como as invisíveis raízes da jovem embaúba que nasceu sem ser semeada. Sentado ali, melhor, plantado ali, ele tentava fugir também com o corpo, mas os pés pesavam como chumbo. Podia ver a desgastada poltrona de veludo verde — seria cinza? — onde descansava todas as noites a mãe, agora morta. E o piano intocado, que antes que ganhava a carícia dos dedos maternos, suaves e quentes, agora frios. As paredes meio encardidas contrastavam com o espelho de cristal, imponente e refletindo luzes, tudo o que se precisa para ser feliz, luzes.

Quando eles voltassem do caminhar não haveria possibilidade de introspecção ou silêncio. Amigos. Não haveria lugar para cambaleantes tristezas e a mesa envernizada em melancolia se cobriria com a toalha de linho pesado, para o jantar, divagar, lembrar. Todos juntos e o silêncio da sala se transmutava em sorriso, falação, senzala particular dos pensamentos dele, se transmutava em casa grande, casa grande que era, desde sempre.

Ele não era ancião, apenas estava. Foi a injúria, batizada com vinho em taças de cristal, que espancou sua alegria e rasgou seus músculos em tresloucadas fibras. Como um animal ferido, trancou-se entre as paredes amareladas e tanto fumou que seu rosto ganhou os tons da parede e de tudo em volta.

Ele nem era melancólico, apenas estava. Foi o ato espúrio, mergulhado em salmoura, que limitou sua coragem e danificou sua vontade em rios virtuais de tristeza. Cabisbaixo, o apenas cinquentão encolheu-se no sofá vermelho. Parecia menor.

Quando todos voltassem daquele caminhar, porém, não haveria cabeças baixas ou corações feridos, pois a alegria que traziam invadiria e tomaria, como o gás que vem de um bico aberto, todo o espaço da sala. Aquela sala que também exibia, soberba, as poltronas de veludo negro, como conchas eternas emoldurando os dois lados do sofá rubro. Aquela sala que se locupletava com a mesa central de ébano, tão pesada que, se atirada ao rio, afundaria.

Sim, bem abaixo corria um doce rio, água doce em pedra dura, jorrando encachoeirado sob a sombra ciliar da mata. Sim, eles haviam nadado, nus em pelo, na gelada poesia que escorria pelo vale, translúcida e pontilhada de pequenos peixes imortais, para sempre ali, amém. Mas isso acontecera antes dele voltar a fumar. Antes de se exilar na sala. Antes.

Isso também foi até a véspera da chegada deles. Eles vieram, se instalaram e voltavam com a frequência necessária e generosa de quem traz a bagagem da amizade, do amparo, do companheirismo e da energia. Tudo o que ele havia perdido ainda em vida. Tudo que não queria encarar. Não queria, mas queria, odiava, mas desejava, detestava porém precisava, tudo do que fugia, do que escapava, esvaindo-se em desgostos, algias e mágoas. Recordações da faculdade em goles de uísque. Irmãos, era o que eram. E ali permaneciam e permaneceriam, jogando a corda até que ele saísse do fundo daquele poço.

Dentro de um tempo que não se conta, tudo isto será lembrança. Estarão todos nesta mesma sala, repintada em branco alvíssimo, o sofá em vermelho vivo, recoberto em veludos, a poltrona verde — ou seria cinza? — devidamente atirada aos porcos. Juntos, recriam o anunciado fim dessa história. Todos vão entender a degradação, retirá-lo dos escombros, reconstruí-lo.

Um dia ele se levantará e não pensará nela. Os olhos dele se tornarão tão secos quanto as folhas levadas pelo vento lá fora. Nunca mais molhados. Aconteceu assim num julho magro que corria e escorria em inverno de brumas. E então, eivada de solidariedade, a sala se apresentou renovada e brilhante, sem sombras, sem dúvida.

A estação do esquecimento veio em abraços quentes. E a nova vida daquela sala antiga, integral e sem sobressaltos, foi e será sorvida em goles de água fresca e limpa, por todos juntos, como nos capítulos dos folhetins do tempo.

# PAIXÃO

*E desde então, sou porque tu és*
*E desde então és*
*sou e somos...*
*E por amor*
*Serei... Serás...Seremos...*
Pablo Neruda

Quando eu enterro a cabeça no seu peito, não temo meu marido, nem o fantasma de sua falecida mulher. Nem a boca do povo, cara de ovo, povo tolo, de desconsolo, quem conta um conto aumenta um ponto. Não temo o sol escaldante, nem a noite escura, nem o esforço de subir esse morro e me esconder com você nessa choupa por alguns momentos de sonho, que o sonho e o pesadelo vêm de deus e esse é o único tempo da minha vida em que eu creio.

Creio que um entre meus deuses múltiplos, com caras e bocas bem diversas entre si, me doou esse enlevo para que eu esqueça a falta de sapatos nos meus pés, dos jardins suspensos da Babilônia à minha porta, das telhas vermelhas e verdes em desenhos medievais sobre a minha cabeça e de pão à minha mesa. Mas sei me enfeitar, me perfumar de alecrim para o teu enlevo também. A mim seu odor de homem basta, nada me importa quando seus braços me são doados, abrindo em cruz a me chamar e se fechando em arco à minha volta, que me importa o arco da aliança que exibo sem orgulho e sem culpa no anular esquerdo, valem seus dedos se cruzando às minhas costas, como a porta que bate atrás de nós, selando meu destino, meu desatino, meu enfim, meu agora, meu embora, minha chegada, nada, nada e só neste minuto, eu creio.

Com sabor de goiaba e romã, nosso tempo desfila, em corso carnavalesco ou navios de piratas, mil aromas e miasmas, toneladas de submissão e fantasias, sementes e facões, mentes e facções, serpentes e lições. Eu, escapada de mim, apenas creio.

Creio na força maior que enviou você para preencher a ausência de filhos em meu ventre estéril, de rubro nos meus olhos por ter gastado todas as lágrimas com as dores da sina, a ausência de cremes no meu rosto (quase velho) aos 25 anos, a ausência de tênues gestos no leito conjugal, a ausência de todo o bem, pelo mal em que creio, amém. Quando seus dedos roçam minha face com leveza, onde pode um macho rústico do fundo da terra ter adquirido tanta leveza (alguém me responda), a minha pele inteira se arrepia, a penugem se eriça e, na volta, a calma se instala e a pele se transforma em maciez, em veludo, em casca de jambo, em lisura de tronco de goiabeira e a sua mão me desce pelo ombro, enquanto a camiseta de algodão, cai, preguiçosa, como se lhe abrisse caminho. Um caminho de pele lisa, ladrilhada de morenice, brilhante como folhas de alamanda, aço de jequitibá da serra, em sua altivez perene. Um rio jorrando águas quentes, em pecado, em santidade, em convulsão e em visões sobrenaturais, quero saber cada milímetro do meu corpo, cada milímetro do seu corpo, fundidos como ferro quente, líquido, em brasa, se derramando no líquido do amor, na fôrma do presente, do passado e do futuro.

São apenas dois ou três instantes, mas nesses instantes, eu creio.

Creio no senhor do amor e da paixão, sem nome, sem retrato, sem contorno, sem submissões e nem vozes de comando, sem espadas e sem canhões, sem previsões e invasões, sem templos nem rituais, sem prêmios e nem castigos, sem castigos, sem castigos. Se desanimo diante do caminho árido e longo que até aqui me tange, me tange adiante seu sorriso de dentes alvos, sua barba negra e cerrada, creio no silêncio de depois, no sabor ácido da dor da separação nossa de cada dia, de cada adeus que se eterniza como uma cicatriz realimentada com um novo corte de navalha, a semear uma nova promessa de renascimento em encontros, amanhã. Ali se planta a cicatriz espontânea, como uma pedra de gelo no estômago mas que antecede, nítida e translúcida como o próprio gelo, o júbilo por voltar para os seus braços em cruz me convidando ao abraço. Eu creio.

Não me machuca a ausência de toalhas à minha mesa, mas a ausência do seu olhar castanho pousado em mim, como uma andorinha de arribação que busca eternamente o calor dos verões. Há milhões de anos perpetuo meu destino pisando as folhas secas e os galhos partidos que me empurram para o seu lado. Meus ouvidos já escutam sua voz ao longe, ainda que você cale. Meu olfato de cão treinado já sente o odor de seu cigarro barato e o meu pensamento se assombra, ainda uma vez, na certeza da sua presença. Não há nada que nos transmute em ausências.

Mulher, é a única palavra que escuto (há outras, mas não traduzo). E sou cercada de beijos e pétalas de rosa, de paz e destemperança, de pimenta e sal, de azuis e vermelhos, de pavor e coragem, de alvuras. Feito de espasmos, sim, mas nunca triste esse amor pecado, guardado, escondido, refreado, expandido, do tamanho do horizonte, do morro que cerca essa cama, essa rede, esse chão. Dos sustos que ainda cercam essa senzala fria, dos saraus ainda presentes na casa grande que é teu corpo, desse fôlego exangue que me permeia a alma cada vez que te sinto, te vejo, te espero, me desespero ao partir, te desespero ao partir, te enxugo o pranto, te consolo por não ficar, para sempre, nosso palácio feito de suores, ali, de olhares, por todo o universo.

Eu creio.

É um tempo infinitamente pequeno, um tempo infinito, tão pequeno e tão finito, tanto denso quanto intenso, valente e covarde, tão atilado por combustões que, como um motor, me leva, me traz, nos desfaz, nos derrete em débitos de paixão, créditos de beleza.

Ao pisar teu solo, eu creio. Minha crença fica aqui quando parto, em quantas partes me parto em pedaços, ao sair. Parte de mim não desce o morro, vou desacordada, o sangue estancado, o tempo furtado, o beijo frutado do amor. Vestida de trapos, o coração em trapos, tiras de pele, de pano e sarcasmo, ironia da vida. Quem mais do que eu pode ser feliz se sou tua, ninguém. A esperança do reconhecer que o regressar existe e se repetirá, cada vez menos triste e mais sólido, o vencedor, o vencer a dor da morte temporária da separação, caminho sobre pedras pontudas, indo daqui. E carregar os tremores de fugir, meus passos rápidos, por te ver além da janela, os braços em cruz, cada vez menores, esperando, para se fecharem às minhas costas outra vez. Talvez, um dia, você possa ter pensado que eu não voltaria...

# BOTINAS MARRONS

*Só existe grandeza onde há
simplicidade, bondade e verdade*
Leon Tolstói

Era uma mulher densa, ossos fortes, músculos fartos, como os de um búfalo e, ao mesmo tempo, tão feminina quanto uma garça ao sobrevoar um lago dorminhoco. Abraçava com autoridade todas as obrigações da fazenda, as tratações com os peões, o plantio e a colheita, os acertos de contas, os tiros noturnos em morcegos ousados, a recepção aos familiares, os doces de ovos. Seis filhos, o marido meio paradão, lerdo, lento, bezerro previamente desmamado, a eterna busca do colo materno na mulher esposa, que nunca se recusou a interpretar todos os papéis a ela destinados. O olhar severo, pego esse menino e resolvo com a vara de marmelo se ele não parar de gazetear com as aulas, dona Mariana nunca deixava de resolver um caso fosse ele desimportante ou seríssimo, fosse para falar com o colono mais humilde ou com o juiz de direito, o padre ou o prefeito da cidade que para ela era todo mundo igual e é mesmo.

Os seios fartos, os olhos cor de mel denunciando a ascendência italiana, havia algo de atraente e misterioso naquela matrona de nada mais do que 48 anos, que caminhava de botinas masculinas, marrons, saias até os pés, blusas discretas, de gola e manga, detesto exibições inúteis, me deixa como eu sou, quieta de vaidades. A boca vermelha ainda tinha o viço de lábios jovens, o sabor de maracujá, de ata, abacate e das frutas que Mariana não dispensava todo dia de manhã, à tarde e à noite, degustava cada uma como se fosse a primeira ou, cruz credo *mangalô três vez*, como se fosse a última.

O prazer lhe escorria pelos dedos ao mergulhar os dentes numa manga madura, a alegria lhe saltava aos olhos ao sentir o adstringente de um caju vermelho, a emoção se espalhava pelo semblante ao violar as uvas que suas mãos, décadas antes, haviam plantado, acarinhado, alimentado, dado de beber. As mãos, sim, exibiam uma textura espessa nada refinada, pareciam ter mais idade do que ela, mãos postiças, estariam no corpo errado, de tanto lavar e lavrar e lavar e lavrar, mesmo sem necessidade. E anda logo que hoje ainda tem o casamento da filha do Divino e nós vamos, João vai se vestindo, terno azul-marinho surrado e antigo, jaquetão da mais pura casimira, um calorão que só vendo embaixo dele, desbotado, surrado, quando morrer você vai com ele, tá bom demais, velho. Para ela era tudo igual e é mesmo.

O trator de câmbio seco era tão antigo que denunciava ter sido vermelho apenas em pequenas partes dos para-lamas, ia sair hoje da garagem e carregar a família até a cidade, como os trens em brasas carregaram em seu dorso os brasileiros até os meados do século passado. O carro oficial da família, a charrete exibindo os bronzes antigos em fulgurante brilho dado pelo carreiro estava à espera de novas rodas que eram moldadas pelas mãos ágeis do ferreiro, ainda na profissão depois de 45 anos de bigorna. Ele sabia, e se gabava disso, calcular com precisão eletrônica a inclinação de cada raio que engastava, como pedra preciosa, entre o círculo externo e o centro das girondas. E esculpia o campo que receberia os pneus como um artesão de integral sabedoria.

Tudo por ali era assim mesmo, ninguém se importava muito com os futuros que ousavam entrar pela janela da televisão ou arriscavam mostrar-se nas telas dos computadores, eles batiam e voltavam, não por preconceito, mas por costume mesmo, que era como se chamava o hábito de não mudar muito, ou de não mudar nada por ali. Por ali leia-se naquelas imensas (a perder de vista) e pouco prósperas, nada modernas, porém ainda rentáveis terras de seu João Machado. A cidade vem comendo os campos como um mar que come a praia ano a ano, esta estradaiada recorta o Estado todo, daqui a pouco riscam uma aqui em cima do pasto, outra em cima do sorgo, sei lá.

A irrigação improvisada de bambus, sobre a horta, o córrego se escondendo nos fundos da casa, milagrosa água até hoje límpida como pensamento de criança, o rapaz que vem da casta da mais velha família do país a tanger os bois para os currais, repetindo diariamente os gestos inventados pelo bisavô há mais de 80 anos.

O filme era o mesmo, mudavam os personagens. Mantenham o cenário, ordenava ela, o nascente, o poente, o estradão, o terreirão de café, o eucalipto e o jacarandá-rosa, dizem que tem mais de mil anos, os pastos de capim-gordura, a soja, o cafezal antigo e generoso de mais de 10 mil pés, o novo canavial, os laranjais a perder de vista, os três açudes mais velhos do que a Sé de Braga, em Portugal. O pequeno número de colonos que ainda se apraz em morar lá, os bois, os cavalos só para o serviço, as plantações sazonais, haja arroz e feijão pra esse povo encher barriga e o pomar do qual ela tomava tento com rigidez implacável, não se perde uma fruta, não se perde uma árvore. E todos que aqui vivem têm direito a comer o que quiserem, quando quiserem e como quiserem.

Da janela da sede a vista se confunde entre um jardim de todas as flores, o pomar mais adiante, jabuticabeiras centenárias, que se doam em jabuticabas fartas e doces, os abacateiros, sai de baixo, se lhe cai um na cabeça, ainda de vez, pode machucar, e também uma caramboleira e oito pés de caju vermelho daqueles bem acres e depois melados, os cajueiros têm a mania de perder as folhas e dar sustos, a gente pensa que eles morreram, estão mais vivos do que nós, acaba a estação, elas voltam: primeiro vermelhas, por fim se agarrando a um verde tropical impossível de descrever, as folhas dos cajueiros que, enquanto renascem, sabe-se lá por que destino universal vão trazendo alegria às lavadeiras ao ver que as nódoas de caju das roupas das crianças desaparecem como surgiram. Lendas verdadeiras.

E lá se vai dona Mariana, encarapitada no trator que um dos filhos dirige com maestria, seu João atrás de pé e os outros cinco sentadinhos na carreta que foi lavada para a festa da cidade, não me levante moleque que eu te corto de relho, melhor uma boa ameaça que um tombo da carreta. As meninas sem querer sujar as roupas, o banco improvisado coberto de alvíssimos panos de prato, devagar sempre se chega lá, padre Bento não é capaz de começar uma procissão, nem missa e nem quermesse sem ver meu cabelo grisalho no meio desse povo. Devagar ia o trator e devagar corria a vida naqueles mundos que eles insistiam em manter. Não era teimosia, apenas comodismo. Mudar pra quê, para voltar depois um filho furado de bala perdida, uma filha estuprada, o filho drogado de correr atrás dessas modernidades ou preso porque atropelou um motoqueiro, essa porcariada da cidade, vejo os filmes da televisão a cabo e é só susto. Deixa aqui como está, está muito bom, as crianças quando estiverem maiores podem ir pros estudos que quiserem que a fazenda vai suprir.

Eles podem ir. Eu não vou. Não vou porque quem tem um porto seguro onde atracar esse corpo que nos emprestam por uns anos não deve desprezar isso. Saio daqui e volto, posso ir ver o papa e volto, posso até ir conhecer o Rio de Janeiro, como fui, mas depois eu volto e pronto e ponto final. Para ela era tudo igual e é mesmo.

O quadro que se pinta é de uma pessoa retrógrada, mas Mariana passa tão distante dessa definição quanto o Oiapoque do Chuí.

A maior ecologista que se conheceu, sem nunca ter ouvido falar em ecologia, não se derruba um pé de árvore nesta fazenda, não se maltrata os animais, não se desperdiça nada, o lixo é reutilizado (não existia a palavra reciclado), o amor é reutilizado, o sonho é bem-vindo, a água é reaproveitada, a lenha do fogão vem só de galhos caídos e tem galho caído de sobra, amém.

Dona Mariana plantava um pinheiro em janeiro para ter sua árvore de natal (nada de ladainhas ou rezas, era uma mulher prática) no fim do ano e todos os enfeites eram naturais, desde uma pedrinha pintada de urucum até uma pinha limpinha, prateada de amor, dobraduras imitando pássaros, barquinhos, ovos coloridos de carinho, pequenos bibelôs de uma coleção semi-destruída, sementes de guapuruvú douradas pela paixão, nunca me esqueci daquela árvore que tinha também lacinhos de fita vermelha e jamais esquecerei.

Banho de enxurrada, tomei todos que quis na vida. E os que não quis. Ela não resistia a uma enxurrada eivada de terra, marrom, linda, refrescante, formada de águas de chuva de verão, todos vão já para lá, seguir o caminho das águas naquela sujeira-limpa... Subi em todas as árvores que tive e as possuí, uma a uma, com o despudor infantil de quem sabe integralmente os detalhes mais íntimos de cada goiabeira, cada mangueira, cada abacateiro (e como eles vão alto!).

Não aguento guardar segredo: esta senhora que, no tempo de colheita do milho, ficava semanas fazendo pamonhas realistas, curaus impressionistas, sopas modernistas e cremes prenhes de romantismo, todos os anos, era minha avó. Enfim, a avó que todo menino queria ter, pega o cavalo, moleque e vai até a venda do seu Artur buscar um quilo de sal, não se desencaminha por aí que eu tenho pressa de acabar o jantar, o vento no rosto, a alegria de estar voando no Sagui (era o nome do cavalo mais tinhoso da fazenda) com a permissão de cumprir uma ordem, perfeição universal maior não haveria.

Podíamos nos melar nas goiabadas, mamar os doces de leite, empapuçar as bocas de compotas de abóbora que, secas no cal, formavam uma crosta por fora e um creme por dentro que até hoje ninguém conseguiu fazer igual, era possível encharcar os pães caseiros da nata tirada do leite e salgada pelas mãos dela; sem contar que, pra lá do paladar, era permitido o banho de cachoeira, o pular de cerca, o passeio infinito que, para uma criança, os limites de uma fazenda parecem sempre infinitos e olha que aquela era grande.

Grande também era o coração da hoje velha, manteiga derretida, justa e ainda rígida avó. Tudo nela era marcante e vai, para sempre, ficar tatuado em nossos corações e mentes. Como ficou bem impressa na vida dos meus tios, a morte de um de seus irmãos, um dos seis filhos de Mariana, levado prematuramente por um mal desexplicado, uma febre mal curada, um desacerto da natureza que malgrou roubá-lo, aos 25 anos, da convivência dos vivos. E como dona Mariana nunca se esmerou em pensar na existência de céu, inferno e outras vidas, fatos que considera apenas alucinações da pequenez humana, embora respeitasse padre Bento com seus ritos, o rapaz, no seu dizer, acabou por se tornar um que tinha simplesmente chegado ao fim do caminho.

Ela deixou que víssemos em seu rosto fino, durante uma semana e nada mais, uma tristeza fluida, tão fluida que parecia se transformar em vapor e subir aos céus em negras nuvens antes de voltar à terra, em performance de chuva de verão e escorregar por seus cabelos e por seus olhos em gotas quentes de farto pranto. Só assim, envolvendo a clemência de toda a natureza, poderia ser apaziguada a dor da mãe, acalmado seu desespero, transportado aquele infinito sofrer para os rios e para o mar que se tornou mais salgado pelas lágrimas que ela vertia.

Foi às cerimônias fúnebres calçando suas botinas marrons, de saia longa marrom, blusa marrom e com uma altivez pálida e branca, um imponderável tremor de mãos, uma ausência presente, o sabor amargo de fel que não conseguia eliminar da boca. A expressão do rosto despedaçada, que só mudaria depois do meu nascimento.

Dona Mariana só demonstrou no rosto um fio de esperança quando minha mãe, ex-namorada do garoto morto, apareceu por lá dizendo que estava grávida. Por isso e por nenhum outro motivo, sou seu neto predileto, desnecessário dizer mais, sou a semente que ele depositou em vida e que desabrochou, menino homem como o falecido, dizem que com a cara dele, minha pobre mãe viveu na fazenda até a morte, protegida como numa redoma de vidro, isolada do mundo como uma freira virgem, com direito à herança do marido que nunca havia sido, com direito ao filho e nada mais.

Personalidade quem tinha era Mariana e eu cresci, claro, como a avó determinou, à imagem e semelhança do filho morto. Depois que nasci ela voltou a sorrir, a expressão de dor desatou do seu rosto e o fel foi diminuindo até abandonar de vez a boca. Até pequenos sorrisos ela esboçava com minhas graças infantis e dou por terminado esse episódio. Para mim também parece tudo igual e é mesmo.

Vale lembrar que eu tinha quatro tios e tias saudáveis e vivos, mas eles se autobaniram da fazenda e do agridoce jugo materno assim que puderam, indo cada um estudar num canto do Brasil e até do mundo, deixando ali Mariana, João, minha mãe e eu. Uns apareciam sempre, porque estavam por perto, outros não apareciam nunca, porque estavam distantes, uns não apareciam porque não queriam mesmo, sei lá. Nem interessa esse pormenor de presença nessa história porque justamente do maior ausente é que veio a novidade.

De tão longe quanto a Suécia. Não é que um dos filhos de dona Mariana e seu João, que antes vivia ali explodindo a oficina de manutenção das máquinas da fazenda, dando um prejuízo danado e sendo submetido a duros castigos por isso, ganhou um prêmio Nobel de Química? Pois ganhou com outros três colegas de Oxford, onde estudava. O prêmio foi considerado mais inglês, é lógico, do que brasileiro, mas que ele levou, levou.

O moleque incendiário ganhou sim, o Prêmio Nobel.

Mariana ficou famosa e os carros das televisões Tupi e Record apareceram na fazenda. Os repórteres e fotógrafos dos jornais e das revistas *Manchete* e *O Cruzeiro* queriam fotografar a oficina e entrevistar sua mãe e seu pai.

Pela segunda vez, de seus olhos fluíram lágrimas que se transformaram em vapor e choveram sobre nós, mas desta vez, elas eram quase alegres.

Ela recebeu a todos com a dignidade de suas várias botinas marrons, suas várias saias longas marrons, uma altivez pálida e branca, desta vez com os cabelos presos à nuca por um pente espanhol de madrepérola e um batom levíssimo enfeitando os lábios, como eu já disse antes, que ainda demonstravam a sensualidade de três décadas atrás. João vai vestir seu terno de novo para sair no retrato e na televisão bem bonito, não é porque perdemos um filho que o outro tem que ter pais feios ou mal arrumados. Guardo aqui dentro de mim a dose correta de orgulho deste e de todos que estão vivos, não porque estão vivos, mas porque aqui nasceram e aqui cresceram e saberão distribuir ao mundo a honestidade e o caráter que aqui ensinamos.

A avó, que vergou mas não quebrou, recebeu um convite real para a cerimônia de entrega do prêmio. Encomendou para o meu avô um novo terno de casimira, a tradicional camisa de cambraia de algodão, gravata, meias e sapatos pretos. E uma pesada capa de lã preta emprestada pelo padre Bento. Ele cortou o cabelo no barbeiro de sempre.

Mariana enxugou os olhos, comprou novas botinas marrons, desta feita de pelica brilhante, alemã. Uma nova e indelével saia longa marrom, a blusa, branca, enfeitada por uma gola de renda. O mantô de lã de carneiro, emprestado pela filha mais velha, a ajudou a enfrentar o frio da Escandinávia. Para ela era tudo igual e é mesmo.

Aplaudiu de pé, as mãos calejadas orgulhosas do feito de seu terceiro moleque. Danado, ele, gostava de sentar no varandão e jogar alpiste, para ver os passarinhos virem se chegando. A mãe nunca permitiu uma gaiola lá, os bichinhos não cometeram nenhum crime para viver presos, cometeram?

A rainha e o rei da Suécia a cumprimentaram pessoalmente. Até seu João ganhou, atônito, aquele cumprimento. Parabéns, obrigada. Abraçou longamente o filho e avisou que o esperava na fazenda para o Natal. Estava tudo certo. Pronto. Mais uma vez, cumprira seu dever de mãe.

Quando voltou, era tempo de vender a colheita de café. De novo com as surradas botinas do dia a dia, Mariana, como se da grande sala nua de tapetes e quase sem móveis da fazenda nunca tivesse saído, sentou-se na cadeira de três pés, que girava e recostava para trás sob o seu comando, e recebeu os compradores. Abriu a escrivaninha bem puída, castanha e sanfonada, de mais de cem anos, e deu início à negociação.

# CALE-SE, EM CÁLICE DE FEL

*O tempo não só cura, mas reconcilia*
Victor Hugo

Ele tampou a boca com a mão esquerda como se pudesse segurar qualquer palavra que se atrevesse sair, enquanto com a mão direita desenhava cubos no papel róseo deitado sobre a mesa. Comparo aquelas mãos com as minhas, hoje velhas e esculpidas em veias, que agora saltam aos olhos, exibindo-se em saliências azuis onde antes só se viam reentrâncias.

O silêncio estava plantado entre nós, como um ipê vencedor, altivo em seu amarelo-ouro. A descompreensão e o sonho se desmilinguindo em pesadelo, a sereia devorando-se em peixe, o orvalho em chuva ácida e a semente, que antes brotaria bela, em planta cáustica de galhos retorcidos e secos.

Eu nunca disse isso, mas foi isso mesmo que eu quis dizer.

Sinto um sabor agreste, selecionado por cada uma das papilas linguais, acre, doce, agridoce. Não há nada mais doloroso do que esse novo gesto de solidão, letal, o fim pelo fim, o início de um tempo oco. Como um coco maduro, a água seca, oco.

Ele era agora só aquele homem cabisbaixo, imerso em tristeza, o corpo magro, amanhecido, maturado por anos e anos de dor, nossa dor, nosso suor nos lençóis, entre camadas de desentendimentos, extenuados os personagens do drama. Eu era apenas um fio de voz num corpo intangível. A personificação definitiva de um desastre de imensas proporções.

Cada um transmutado em tatu, dentro da toca. Estatuado, como se nada mais acontecesse em volta e a vida acabasse ali antes do maldito pôr do sol, prenúncio do negrume, a proximidade das horas escuras, do medo convertido em luar, das ruas abandonadas, o sono inconcluso, à meia-noite com a alma em escombros.

Amarrados a um bloco de concreto denso, que a qualquer momento poderia mergulhar nas águas escuras do rio. Ele continuava com a mão esquerda sobre a boca, sem coragem de dar adeus, enfim, o fim, os braços meus, os seus, dois ateus do amor, céticos da alegria. Era apenas uma questão de tempo. Nós nos calávamos e o brinde final era feito num cálice de fel.

Uma intoxicação de lágrimas escuras, sangue pisado, ambos na tentativa de entender o fato corroído em interrogações após a catarse.

Tempo de retroceder e reabotoar o peito aberto, estancar a sangria, lavar as feridas, levantar e andar.

É cedo para isso. Por enquanto devo ficar envolta em mim mesma, sentada num canto do quarto como um ovo, os braços agarrando as pernas, feto, que a estação de origem e a última não se projetam em diferenças, mas em semelhanças.

Crueldade é abandonar ao desencontro dois quase anciãos esboçados e redesenhados um à imagem e à semelhança do outro, os cabelos prateados, rugas e rusgas sobre seus ombros ingênuos.

Quem haveria de tirar-lhe a mão esquerda da boca, para que ele se atrevesse a pedir perdão? Quem haveria de me lançar em humildades para, feminina, deixar que as lágrimas lavassem meus pensamentos?

Um instante apenas causou o estrago de décadas. Meu rosto se marcou em novos sulcos e as mãos dele se tingiram de azul em veias nervosas de sobressalto. Minhas sobrancelhas tornaram ao solo, o olhar redundou desventurado para todo o sempre. Os olhos dele, fixados nos cubos sobre o papel róseo, não tinham robustez para a decolagem. Ali ficariam. Pousados.

Apenas um grito de protesto, um alimento menos doce para as mentes entrelaçadas e o tempo infinito em que estávamos unidos em um só corpo e por uma vigorosa de paixão se desvaneceu como um pássaro num voo alto em direção ao derradeiro suspiro.

Apenas um instante e um grito fez a vida voltar como um filme, apagar da memória os mísseis da desordem e tudo caminhar, serenamente, para o seu lugar.

Somos amantes há um milhão de anos, somos homem, mulher, filhos, netos e cervejas. Viva a covardia, o uísque, o rivotril, o lexotan, o carnaval em sambas soturnos, o protesto da mão solitária, a ruína da boca apodrecida. Nada que se transformasse num momento de fogos de artifício, apenas num feliz andar a dois. Nada mudou.

Continuaremos arrastando nossas correntes porque nos habituamos a elas que hoje nos trazem um passado do qual somos incapazes de nos desenlaçar, eliminando nós cegos de um século.

Somos amantes. Amantes são assim.

Condescendem, descendem do útil e do inútil, do detalhe e da grandeza, da presença, inexorável presença, necessária.

Os astros voltam a girar em suas órbitas e caminhamos, de mãos dadas, para o fim. As árvores redesenham suas silhuetas sem ventanias.

O quadro natural inclui nossas mãos antigas, quase mofadas, quase frias, mas entrelaçadas.

# PANQUECAS COM MEL

*O que passou, passou, mas o que passou
luzindo, resplandecerá para sempre.*

Goethe

Naquela rua ficaram meus sonhos, cacos da minha alma, parte dos pesadelos e eu não olhei para trás. Um litro de uísque, um cachorro policial que abaixava a maçaneta e abria a porta da casa com a falta de cerimônia dos inocentes. Aquela porta só não se abria para as ambições humanas.

O sabor adocicado de batata-roxa, panquecas com mel, doce de abóbora que saíam das mãos mágicas de Nêga, nossa querida Nêga. O aconchego, a vida, como um sonho real, dor que marca e permanece, pra machucar o coração de quem foi testemunha daquela maluquice perfeita, das madrugadas literárias, boêmias e de intermináveis discussões políticas que certamente salvariam o mundo. Democrática, a casa produziu reacionários, comunistas, socialistas e democratas ferrenhos, cada um ligado às suas ideias, porém sempre carregando a lucidez dos justos que ali se plantava.

Cortaram os dois coqueiros plantados pelo velho, arrebentaram o muro e fizeram uma pizzaria na casa onde por tantas noites jogamos xadrez, ouvimos óperas, brigamos, fizemos as pazes, mergulhamos em sonetos de Camões e versos tristes de Alphonsus de Guimarães. Onde jogamos buraco, tio Edgar nos ensinou as primeiras noções de bridge e furou o pano verde oito vezes com o cigarro que escorregava do cinzeiro. Onde o velho ainda jovem e sempre se destacando, ensinava e esbravejava. Às vezes, condescendia. Onde a mãe regia, invisível, uma orquestra talvez desordenada. Mas perfeita.

Havia uma família lá, o casal, seis filhos, vizinhos, um cachorro, pesadelos e sonhos, passado e futuro, porém, acima de tudo, havia um presente vivido intensamente por quem teve a sorte, sem modéstia, de ser recebido naquela casa.

Hoje sai uma de muçarela, outra de atum e uma portuguesa. No quintal, árvores. Sob a aquiescência paterna, os irmãos promoviam bailes sem aviso prévio, puxa a mesa, tira o tapete, vamos dançar. Quantos abraços, quantos beijos escondidos, quantas lágrimas de paixão adolescente se derramaram pelos subterrâneos domésticos! Uma semana depois, a viagem desmarcada, as juras de amor eterno esquecidas em outros braços, em outras bocas, em outros beijos. Éramos crianças, apenas.

Hoje estão quase todos mortos.

Um sangue vivo e probo, porém, corria forte nas veias daquela gente, tão acolhedora e tão bem acolhida pela rua de paralelepípedos, bem posta naquele bairro simples onde a padaria, o jornaleiro, a igreja e a lojinha proviam tudo o que precisávamos. Alimentos para o corpo e para a alma.

A casa abrigou casamentos, nascimentos e crianças jogando futebol, brincando de boneca, chorando, sorrindo e crescendo, virando gente. Eu mesma virei gente lá e como era bom!

A terceira geração ganhou também proteção, abraços e suspiros suspirados, prenhes de dor, de coragem e de aceitação. E a sala, ainda uma vez, abrigou festas, que a família sempre foi movida a festas, mesmo nos tempos mais difíceis. Abrigou gritos e sussurros, abrigou todos os tipos de hóspedes, desde fugitivos da ditadura militar, até amigos distantes que vinham em busca de paz, desde doentes que precisavam tratamentos até gente saudável demais e metida a pilantra. Havia uma certa candura naquele abrir as portas para todos.

Ali, da vida nada se levou, senão o vazio da falta que ela faz. Como no filme. Sorte nossa. Ali se tinha tudo sem entender nada.

No rádio antigo, ouvi a notícia do suicídio de Getúlio Vargas, sem saber exatamente o que ouvia. Na vitrola, acoplada ao rádio, ouvi pela primeira vez "Chega de saudade", com João Gilberto, ainda sem saber o que ouvia. Hoje eu sei, mas sou mais triste.

# MEIO-DIA, SOB UM SOL DE VERÃO

*A saudade é arrumar o quarto*
*Do filho que já morreu...*
Chico Buarque de Holanda

Se eles não tivessem nascido um para o outro não teriam sido batizados com o mesmo nome no masculino e no feminino. E ele não teria doze centímetros a mais do que o metro e sessenta e cinco dela, tamanho ideal para que os dois se encaixassem, muito além da cama, perfeitamente, em fotografias e para dançar. Mesmo quando ela se pendurava naquele salto dez, ele ainda ficava um dedinho maior e, como bom macho, gostava deste senso de proteção que a altura lhe conferia. De bom tamanho. O encontro tinha sido simples, daqueles que acontecem em casa dos primos dos amigos, olha pra cá, olha pra lá e os olhos vão se encaixando, como uma maçã num quadro de natureza morta, corretamente instalada, os olhos, ai meu senhor, aqueles olhos verdes daquele Antonio, porque ele tem olhos verdes de limão cortado se é tão moreno e com aquele rosto de bravo, parece desenhado com talhadeira, ou esculpido em bronze, com arestas, meio quadrado, impossível resistir e para que, afinal, resitir a algo tão belo?

Viajar mil quilômetros para rever aquela mulher, pois vê-la o tornava refém do próprio corpo, de um frio na barriga e outras maravilhas que o amor nos prega em peças de avermelhamento no rosto e palmas das mãos molhadas de suor. Sem dormir por conta dessa viagem, ele vagou algumas noites pela vila e se sentia cada vez mais solitário, ele, um dos mais populares daquelas distantes fronteiras do noroeste do estado, nunca vou contar em que estado, nem a história era pra ser desfiada aqui e estou desfiando o que não devo. Foi um filme de horror, uma ferida aberta em holocausto regado a revolta, lágrimas, precisão e paixão.

Todo mundo tem apagões de amor, paixões, mas nesta os corpos, as cabeças se fundiram, confundiram, moldaram, incorporaram. Os olhos nunca mais se desviaram, as implacáveis barreiras da vida foram vencidas uma a uma, a dois, de mãos dadas, um sorriso permanente de quem encontrou o que procurava no rosto, nos rostos, até que a morte os separe disse o padre, como os separou de verdade, mas os poucos anos que lhe foram oferecidos foram tão intensos, dedilhados um a um como cordas de violão, sorvidos como suco de mangaba madura, desfrutados como cada gole de água fresca com que a natureza os presenteou, que não há o que reclamar no balcão do céu. Mentira. Não há pedras a atirar, isso sim. Ninguém tem o direito de atirá-las após a leitura do que deixo aqui escapar. Não empresto togas, não os nomeio juízes destes personagens. A custo, a grande custo, desfio a história como um terço maldito, desconsagrado.

Pura. Puros.

Parece piegas embalsamar um grande amor em adjetivos, mas a oficina mecânica do casal parecia um oásis na periferia da vila, nem salinha tinha, ela se sentava numa pequena mesa para receber os clientes, ele escorrendo óleo de motor pelos braços, o macacão verde como os olhos, zebrado em preto--graxa e um amontoado de troços no meio, como se formassem uma mini praça, exígua em espaço porém, em torno da qual giravam os carros e suas vagas. Nada mais.

Era trabalho longo e dinheiro curto. Num dia lindo, embora fosse inverno, eles tiveram que sair correndo para o menino não nascer atrás de um radiador e sob pingos de óleo, depois de oito anos de espera. Antonio, filho de Antonio e Antonia. Era o nó no peito, a fatia do sonho não realizada, um exército de médicos e duas pilhas imensas de exames quando, de repente, depois de desistir, ela começou a vomitar o vômito da felicidade que veio para sinalizar uma gravidez em lugar de um câncer de estômago. Geleias, doces, nem pensar, ela enjoava, suspende a coalhada, café só preto e sem açúcar e aquela avidez inexplicável por carambolas de vez.

O cheiro de óleo da oficina trocado pela sala de casa, chama minha irmã para te ajudar, o que foi feito, ela pançuda e ainda bela, mesmo exibindo o rosto inchado e bolachudo. Ela também era bela, sim, cabelos levemente ondulados pintando o contorno do rosto em castanho-claro que refletia na cor dos olhos, os lábios proporcionais, nem Angelina Jolie e nem risco de lápis. O nariz não poderia ser descrito, já que mal era visto de tão bem que se encaixava no conjunto. Ela era tão tranquilamente bela que nem disso se dera conta. O homem, ao seu lado, sim. Este homem valorizava na parceira desde o branco efusivo do sorriso até a impressionante pontaria com que ela destruía pratos voadores no clube da vila.

O único vício dela: tiro ao prato, que odiava matar alvos vivos e mantinha uma campanha contra caçadores sangrentos, coisa de assassinos, brutalidade inútil atirar em pombos, imbecilidade e até imoralidade matar animais no mato.

Alguém pode argumentar que estou inventando que por estes interiores afora, lá pela década de 50 do século passado, terra vermelha, peles-vermelhas, cobras e tigres, não haveria a sofisticação de um clube de tiro. Respondo numa só puxada do gatilho e não discuto mais esse assunto: por isso mesmo. Era tosco, como o lugar. Sob um sol de rachar, os pratos atirados desordenadamente de uma catapulta primitiva, assim.

Grávida, suspendeu até os tiros, para não assustar o Antonio que vem por aí, depois eu volto. Sorria o pai a ponto de quase derrubar a tampa da cabeça, sorriam os avós de todos os lados, os vizinhos, as mesas, as xícaras, o velho carro, tudo parecia sorrir. Na pequena oficina o indefectível vaso de espada-de-são-jorge, alecrim e comigo--ninguém-pode viçou como a barriga feminina, continente de precioso conteúdo. Até o balanço das lâmpadas frias, amarradas em longos fios nas vigas do telhado sem forro, parecia cadenciar um acalanto.

Corta. Pulo oito anos e mostro o garoto já na escola, bermuda azul e camiseta branca, keds; popular e simpático com a vila todinha, puxou aos pais e trouxe deles um *de-ene-á* sem maldade, um menino normal, sorridente, louco por uma bola, enfim. Não estudava demais ou de menos, deixava escapar em casa, sob sérios protestos maternos, os palavrões que ouvia na rua, vai lavar essa boca com sapólio, moleque, mas também era carinhoso e, até agora, não abria mão de deitar com a cabeça no colo dela no sofá, todas as noites, para pegar no sono.

Na oficina, seguia o pai como uma sombra, abria latas de óleo, corria até a bancada para buscar ferramentas, conhecia todas e cada uma com detalhes que só um mecânico experiente conhece. Gostava de pescar no rio da vilinha, onde o sonho de um pesqueiro estava plantado, com a compra do terreno realizada.

Dizem que qualquer exceção de vida, mesmo sendo lavrada em felicidade, não chega ao palco do mundo sem sua antítese. Dizem que muita tristeza ou muita alegria só surgem no cenário da vida acompanhadas da sua negação. Dizem que quando nasce um bom, nasce um mal. Dizem que quando surge uma dose de generosidade, neste vale de pranto, surge imediatamente seu avesso, em maldade, das grandes.

Talvez se eles não se amassem tanto, se tivessem ao menos uma briga por ano, se ele não inventasse de abrir aos sábados para fazer mais depressa a casa do pesqueiro, o assassino não tivesse entrado como um bólido para roubar um carro e, não tivesse atirado e matado instantaneamente os dois homens de Antonia. O avesso atravessou o caminho dos direitos.

Meu pai não!, gritava o menino. Meu filho não!, gritava o homem, em tristes súplicas infrutíferas, já que o cara vinha perseguido e tinha medo, ao ouvir as sirenes, disparou sem piedade e ceifou aquelas vidas sob um belíssimo sol de verão que, lá fora, coloria as flores de vermelhos quase cintilantes, indiferente ao vermelho-sangue que os mortos exibiam.

Nos bares da vila, a cerveja saía gelada, os homens discutiam futebol e comiam torresmo frito. Nas casas as mulheres assavam frangos e bolos, juntos, porque um não pega o gosto do outro no forno.

Eles ali, mortos e Antonia ainda sem saber, preparava feliz o primeiro almoço do fim de semana. A ignorância, em certos momentos, exime da dor.

Naquele sábado fatal, eles haviam se levantado cedo e tomado café juntos. Pão quentinho da padaria, manteiga comprada na fazenda vizinha, assim como o leite, que vinha em latões, uma geleia de laranja feita pela melhor amiga.

Fica escrevendo suas lições, menino, deixa o pai trabalhar em paz, que ele volta logo. Aonde ele for eu vou, mãe, e foi. Foi de verdade, para aonde o pai foi. Já tinham deixado um carro em plena forma e estavam prestes a encarar um segundo quando aconteceu. O tiro no mais velho foi na cabeça, para não ir muito longe com descrições, estourando os miolos e grudando um pedaço deles, moles e arroxeados, sobre a parede branca dos fundos. O garoto foi sacrificado pelo peito, expondo o coração à visitação pública até a chegada das autoridades.

Em casa, sem desconfiar de seu destino cruel e perverso, ela limpava o frango com as próprias mãos, tirou os miúdos, moela, fígado e coração, lavou bem e fez uma farofa com eles antes de descascar as batatas e picar os tomates.

Mergulhou num caldo morno de sabão e água os macacões manchados de graxa durante a última semana e a bermuda de Antonio, marrom de terra, sem saber que eles nunca mais precisariam daquelas roupas. Manteve o sorriso aberto e franco pensando no passeio do fim da tarde que a vida lhe ofereceria de bandeja, sem saber que a bandeja viria transbordando de cartões de pêsames. Sem saber que, como um cuitelo corta

MEIO-DIA, SOB UM SOL DE VERÃO 99

a cabeça de qualquer animal, um animal havia abatido seus sonhos, de uma só pancada, sem apelação.

Tinha sido seis meses antes a ideia de abrir a oficina aos sábados. Se não sobra dinheiro para a casinha do pesqueiro, avisa todo mundo que vou trabalhar no sábado.

O assassino, administrador brigalhão de uma fazenda próxima, tomou um porre na sexta-feira à noite e arrumou encrenca num bar. Jurou vingança ao desafeto e foi dormir na cadeia, só para aplacar a bebedeira. Roncou como um porco, babou e mijou na cela, antes de ser solto na manhã seguinte. O revólver, os soldados devolveram na saída e ele foi em busca do causador da noite em degredo. Atirou na perna do infeliz, mas acossado por outros piões e pela polícia, fugiu em desabalada carreira para os lados da oficina. Precisava de um carro para escapar e o resto da história todos já sabem.

Em menos de dez minutos a desgraça se plantou na pequena cidade, na vida de Antonia e, por que não dizer, no mundo, porque cada desgraça, dizem, faz a humanidade descer um degrau em direção aos quintos dos infernos.

Consternação, revolta, revolução, sussurros, calmantes, antidepressivos, dó, saudades e, sem encobrir a maldade humana, uma gota de satisfação vinda de almas menores que invejavam aquela paixão exposta como uma fratura, à disposição dos malditos e benditos.

Depois do sucedido, parecia que a vila estava coberta por um véu negro, o sol mal se atrevia a brilhar, os cenhos se mostraram, a quermesse foi suspensa pelo padre, os ânimos e as cabeças se abaixaram, os pesadelos se tornaram reais, as sementes se recusaram a germinar e o gado emagreceu.

Claro que todos querem notícias da viúva e ex-mãe, que se recusou a ver seus queridos mortos e se manteve sentada ao lado da mesa da cozinha, imóvel, naquela cadeira dura, olhos abertos e fixos na porta por três dias e três noites, como se acreditasse que os dois iriam entrar, vivos e sorridentes, por ali.

A cidade se assustava, pais e mães imploravam a ela que comesse e dormisse, e quando se deitou para dormir, aquele pobre trapo em que se tornara, engatou três dias e três noites de sono. E assim, sucessivamente. Foram dois meses em que ela parecia não ver e nem ouvir ninguém, nem o padre, nem o pastor, nem o prefeito e nem o juiz. Era uma morta-viva, dez quilos menos, a pele pálida e as mãos trêmulas, alimentando-se de café preto, leite, pão com manteiga e geleia de laranja como se quisesse refazer apenas a última refeição que fizeram juntos e quando falava, só falava eu sei onde eles estão.

Até que um dia, foi vista limpando sua espingarda. Trêmula, o corpo seco como uma taboa arrancada do chão, a pele desbotada como uma roupa antiga, surgiu no clube de tiro e voltou ao seu mais querido passatempo. Dirigindo o velho carro do marido, evitou passar diante da oficina, fechada por todo o sempre e nunca disse uma palavra com ninguém, nem ao chegar, nem ao sair. Passado um mês, já era de novo a melhor atiradora do clube em alvos móveis e já sabia por onde andava, ou melhor, por onde não andava, o assassino de seus homens, já que ele estava numa penitenciária de uma cidade próxima aguardando julgamento.

Do pouco que disse, entendeu-se uma obsessão por justiça.

Passou a comer normalmente, nunca peixe, que culpava o maldito bicho pelo fim de sua vida. Os amigos, olhando de longe, imaginavam que ela estava melhor. Ou menos pior. Vivia, até aquele momento, das economias feitas para o pesqueiro e se recusava a aceitar ajuda do sogro. Ex-sogro. Nem cogitava em voltar para sua cidade, a mais de mil quilômetros, aquela distância que Antonio havia vencido para buscá-la. Na minha vida não tem volta, só tem ida, e meu caminho será sempre o deles.

Exatamente um ano depois do acontecido, foi ao cemitério, onde depositou um vaso de comigo-ninguém-pode, alecrim e de espada-de-são-jorge idêntico ao que estava agora morto de sede, seco, na oficina. Dirigiu o velho carro até a fazenda onde ainda viviam a mulher e os dois filhos do assassino. Ele está condenado a viver, pensou. De longe, bem longe, atirou nos três a sangue-frio. Tiros fatais e certeiros, para posterior espanto de toda a região, não mais apenas da pequena vila. Virou o velho carro e teve tempo de chegar em casa.

Sentou-se na cadeira da cozinha onde tinha estado sentada por três meses após a morte dos antonios. Com a espingarda de pé e o cano na boca, acessou o gatilho pela última vez. Fim da história, mas não do ódio, que fica por aí, pairando no ar, como as três almas-penadas-protagonistas.

Dizem que quando um final se confirma, no mesmo dia e no mesmo lugar, nasce uma nova história. O povo fala demais.

# DA COR DA SAUDADE

*É necessário ter o caos aqui dentro para gerar uma estrela.*
Friedrich Nietzsche

Tudo começou quando ele se deparou, numa fotografia de Galápagos, com aquela cor incrível dos pés (seriam pequenas nadadeiras?) dos atobás, os patos selvagens de lá, e aquilo não saía mais da frente de seus olhos. Era (e é) um azul inexplicável, com o fosco da tinta a óleo que pintava antigas portas e, ao mesmo tempo, de um delicado azul-Michelangelo, ele fechava os olhos e via, uma cor impressionante, concebida pela natureza, em que momento da evolução teriam aqueles pássaros enfiado os pés na lata de tinta?

Como aquele azul teria ido parar ali?

As respostas não importam, na vida dele havia um acervo de perguntas sem resposta. Importa é que, ao chegar em casa, considerou uma verdadeira obra de arte o bordô forte do tapete sobre o piso alvíssimo do banheiro. As cores foram se instalando assim como pequenas telas e ele sorria de prazer ao fechar os olhos e vê-las. O amarelo que decorava a parede texturizada da sala começou a brilhar e ele, embora achasse notável, tinha que fazer esforço para não vê-la, pois a cor quase feria os olhos. Vinha, com o brilho, uma dor estranha, feito uma punhalada de luz.

Cobriu os sofás de branco, o mesmo branco com que refez a pintura de todas as paredes. Sobre o amarelo, aplicou preto, cor também das novas almofadas. Eliminou o brilho da televisão que passou a emitir uma imagem embaçada, mas o que restava do colorido o agradava mesmo assim.

Mantinha, *ad eternum*, o tapete bordô do banheiro. E fitava, minutos a fio, a imagem dos patos de pés azuis. Seria o azul do mar? Quando teriam saído das profundezas do oceano para a terra aqueles estranhos bípedes de olhar tolo? Perguntas sem resposta. Uma a mais, uma a menos. Tanto faz, agora. Vinha de tão longe, não porque ali quisera estar. Vinha do lado quente do mundo. Tantas lutas, tanto esforço, um pensamento bendito, outro maldito sobre o passado. Os caminhos percorridos sob sol e chuva, a luta, as discussões. O tempo que nos é dado viver vale pelo próprio tempo, cada minuto sorvido, sorvete, destemido, de coco queimado. Cada minuto que passou já é passado, amanhã é o futuro, inseguro, mas acima de tudo puro, amadurecer a sensação do dever, cumpra-se. Está garantida a liberdade de pensar. E de submergir na dor da expressão do pensamento, ferimentos, reação, realização, paixão, experimento.

Hoje, pela rua, de dia, ele anda de óculos quase negros, para tornar as nuances menos vivas. À noite, coloca-se atrás das mesmas lentes para amansar as lâmpadas mais bravias.

Tudo permanecia assim, com cor e sem cor, estranho e natural. Mesmo sentindo que entravam em sua rotina, não por opção, mas por um acidente físico qualquer, excêntricas e enigmáticas atitudes, não imaginou que andasse fora de si. Um esteta exacerbado, talvez, mas este é apenas o início da história.

Num segundo momento, cores esdrúxulas saíram de sua rotina e migraram para a retina. Lilás-atônito, musgo-cansado, castanho-generoso e rosa goiaba. Acordava desbotado de suor e sublimava o cansaço na tentativa de reproduzi-las. Jamais. Foi ficando fixado, asfixiado, oprimido, controlado pelos sonhos coloridos e não poderia ser diferente. Tinha visões fantásticas, mas irreais. Cores densas, em coquetéis mesclados.

Abandonou os amigos, esquivou-se da parceira, emudeceu o violão, trancou-se em casa, agora tinha medo do lado frio do mundo.

Estava, hoje, acovardado, fóbico, sobressaltado. Embora tivesse prazer com a intensidade das visões policromáticas. Sentiu correr dos olhos uma lágrima estranhamente gelada e desejou nunca ter visto aqueles patos. Quando escorreu a segunda lágrima, desejou nunca ter visto o bordô do tapete do banheiro. Foi dormir trêmulo e, depois da terceira lágrima, os matizes passaram a lhe causar uma profunda amargura.

Dia seguinte, olhos novamente secos, correu ao trabalho onde, sabe-se lá como e por quê, uma espécie de redoma o defendia. Naquela noite resolveu fazer serão, para não deixar cair a próxima lágrima que, intuía, seria fatal. Trabalhou até a madrugada. Em casa, não acendeu as luzes. Deitou-se em posição fetal e adormeceu.

Um novo tempo começou a partir daí. Doze, catorze horas de trabalho, os olhos fundos, com uma aura negra. O seu lado doméstico era um mero ato mecânico, apenas para as necessidades mais básicas.

Ele nunca tinha sido assim. Formava com a companheira de cabelos amarelos e olhos berinjela um casal daqueles com quem todos querem conviver. Brasileiro naquele país nórdico, informal, solidário, dedilhava um bom violão, não sem os acordes da dor pungente dos exilados. Lá dentro, num canto da cabeça, havia um laranja-saudade, pulsando, por cunhar um roteiro ainda desconhecido. Melancólico no primeiro ano, adaptado no segundo, cumpria sua sina no terceiro. Era de índole serena antes dessa espécie de delírio, alegre, menino crescido. Era. Tempos idos.

Trabalho, casa, trabalho, casa, trabalho, casa, cada vez mais magro e exausto, uma anemia profunda, ausência de vermelho, palidez descolorida, carência branca de energia. A amada sabia que a vida dele carregava uma bagagem considerável de perguntas sem resposta. Uma a mais, uma a menos, tanto fazia, agora.

Espectadora desolada, sábia, inerte se manteve.

Ele não pesava, agora, mais do que quarenta quilos. As mãos eram as de um cadáver. As pernas, finas como o braço de uma criança. Pálido, amarelo, branco, azul e acarminado. Mas esta história não vai acabar assim. Como em lufadas de vento, ele tinha aflição e júbilo diante das cores. Era chegado o tempo de uma nova mudança. De repente, um sorriso, diante de um rubro abusado. E outro, à vista de um cinza atrevido. Inesperado, adveio um novo sopro de prazer. Chegou a correr atrás de um carro azul-pérola, só para ter a felicidade de fitá-lo mais alguns segundos. Cada matiz que lhe surgia à frente, intenso, o levava a uma viagem plena de percepções etéreas. Passou a perseguir as visões, em lugar de fugir delas.

Escolhia os alimentos pela cor, não mais pelo sabor. Apenas a experiência de ver o salmão em tons salmão, o repolho lilás--denso e os rabanetes vermelho-sublimação. Nutria-se de cores. Nutria-se?

Existem centenas de perguntas sem resposta na vida dele. Uma a mais, uma a menos, tanto faz, agora.

Acordava mais cedo para ver o sol nascer em sua policromia perfeita. Vinda dos dourados dos metais, entrava pelos seus olhos uma indescritível alegria.

Palavras: poucas, ou nenhuma. Às vezes, parava diante de um cartaz de rua e, em cada trilha de matizes, via uma estrada. Vivia mais de lembranças, a areia da praia cor de sorvete de creme, a água turquesa, o marrom terra, o verde esperança. As pessoas, caras-pálidas, negras, mulatas, amarelas e até peles-vermelhas.

No último dia, manteve-se acordado, insone, a cama desfeita, sentado ali. Através da pele fina, via o sangue circulando, em platina derretida. Sentou-se no chão e conseguiu escrever, em roxo-despedida, a palavra amor, antes que a quarta lágrima, cristal líquido, vertesse. Como ele intuía, ela seria fatal. Explodiu em dezessete cores e, pura energia potável, escorreu sob a porta, sem deixar nenhum vestígio além daquela última palavra, única prova de sua passagem por lá.

Alguns dizem que ele teria morrido vários anos antes dessa noite. Outros garantem que nunca havia pisado na Suécia. A namorada afirma que a última palavra foi cinzelada para ela. E há ainda quem garanta que ele continua por lá, singrando em busca de visões coloridas. Ou vagando pelas calçadas, olhando cartazes.

# ABADÁ

*Atrás do trio elétrico só não vai quem já morreu...*
Caetano Veloso

Carnaval é carnaval e em amor de rei momo a gente se conhece no sábado para desconhecer na quarta-feira de cinzas, quando tudo volta ao normal, hora de trabalhar nessa lanchonete de sol a sol pra poder juntar dinheiro pro abadá comprado a prazo do ano que vem. Ora, de repente, chega esse gringo que mora no Rio, diretor de multinacional e tudo, e todo com essa ideia louca de casar, que casar coisa nenhuma, casar não é casaca.

Eu estava lá no bloco, suando e pulando, com mil pessoas por metro quadrado, tudo apertadinho mas gostoso, cantando com Gil e, de repente, chega esse gringo doido e me agarra e fui gostando e pulando grudada nele e eu ali saindo do chão, só no axé. Escapei, sorri para ele e sumi no meio da multidão. Isso foi só o começo.

Agora vem esse maluco me pedindo em casamento, quer me levar pra morar no Rio de Janeiro com ele e depois para os Estados Unidos insolação do sol da Bahia, só pode ser. Quando eu era pequena a gente via um americano no Pelourinho, a máquina fotográfica na mão, a camisa florida que eles gostam de flor na camisa e corria atrás pra ver se ganhava alguma moeda que a vida desde aquele tempo não era fácil.

Eu fiz só o curso primário e virei doméstica, mas, sem falsa modéstia, fui ficando uma mulatona gostosa, dourada, de carnes firmes e na segunda casa que eu trabalhei já ganhava uma grana do patrão, por fora, para fazer umas coisinhas com ele. Isso vinha dobrando o meu salário e eu também danei a achar gostoso, que não sou de ferro.

Assim fui fazendo meu pé de meia até que conheci o grande amor da minha vida. Era um negro cor de nanquim, alto, parecia um armário, tinha os dentes brancos como leite, o sorriso suave, o cabelo raspadinho igual do Barack Obama, e falava baixinho como um padre confessor, diferente de todos os outros negros da Bahia que gritam e gostam de contar vantagens e beber cachaça pelas esquinas.

Então esse homem veio chegando de mansinho no ônibus em que eu ia para a minha casa e se encostou em mim, eu tenho essa sina, acho que é por causa da minha bunda rígida, todo homem vem encostando em mim e ficando bem disposto, digo, assim, bem disposto. Aquilo me fez estremecer e você pode não acreditar, apesar de tudo eu nunca tinha tido um homem de verdade. Conversa vai, conversa vem, e quem queria conversar? Pra que ficar insistindo num assunto que todos sabem que vai acabar na cama, pronto, acabou.

Ele era delicado, macio, parecia um deus de piche. Eu estremecia de prazer e ele me abraçava tanto depois do amor que eu imaginava que nada na vida poderia me machucar, pois estava ali protegida por aquele Orfeu que me supria de amor, prazer, carinho, companhia, alegria e felicidade.

Todo mundo sabe que um amor assim não pode durar e eu vou economizar tempo, porque na Bahia, camarão que dorme o mar leva. Quem atravessou o nosso caminho foi uma branca linda, morena, de olhos verdes, rica e cheia de paixão. Eu sei que ele me amava, mas não há quem resista a apartamento de cobertura, carro, mulher branca, bacana e gostosa.

Ele ficou comigo e com ela durante um ano.

Era tanta briga, tanto grito na porta da minha casa, ela mandava recado malcriado pelo motorista, ameaça de morte com buquê, dizendo que umas flores iguais aquelas iam enfeitar meu caixão, chegou a mandar um cara com um bom monte de dinheiro para eu sair da vida dele. Nesse dia eu não me contive e dei o troco. Baixou um santo brigador em mim, eu parei na porta do prédio dela, as pernas abertas, a mão na cintura, uma mulatona de 1m80 gritando tanto e tão alto que chamaram a polícia.

Cana, você sabe o que é isso? Fui presa porque não queria que ela roubasse meu homem!

Era um dia 7 de setembro, dia da Independência do Brasil e da independência dele, nunca mais vou esquecer esse dia porque foi quando ele me deixou. Com tanto amor e tanto carinho, porém, foi me buscar na delegacia, me levou para casa e explicou que não ia mais dar, com aquela voz suave de Paulinho da Viola, e eu ali escutando e as lágrimas escorrendo e eu vendo tudo roxo, desmaiei não de amor, mas de fome, porque tinha esquecido de comer de tanta raiva.

Não, eu não tive raiva do gringo que me encoxou atrás do Trio Elétrico. Ele gostou das minhas coxas, redondas como um pilão de amassar amendoim no terreiro. Sou cor de bronze, fico ali entre a mulata e a negra, tudo bem, os gringos adoram, os patrões também. Afinal.

Meu amor me deixou há 3 anos e eu já arrumei outro banzé, esse é o problema. Ele bebe muita cerveja apesar de ser motorista de táxi e dirigir o dia inteiro meio que pro alegre. Na Bahia o povo toma cerveja como água, também é um calor desgraçado e a gente vai vivendo das belezas e das dessemelhanças.

Preciso voltar um pouco e dizer que arrumei emprego numa lanchonete, onde ganho mais e trabalho menos e haja gorjeta, meu irmão, mas lá eu não deixo ninguém me encostar. Tira a mão que não é pro seu bico. Calado!

Meu taxista só aparece na lanchonete para almoçar e depois na hora de fechar. Aí ele me leva pra casa e fica lá comigo, antes do amor aquela cerveja gelada igual cu de foca, depois do amor, aquele cigarro honesto, aquela fumaça azul cor do céu da Bahia.

E então com esse meu novo homem eu vou pro trio, de abadá comprado à prestação e tudo, minha vida quase no lugar, faltando um ano pra eu acabar de pagar a casa na periferia e ele vir morar comigo e a gente até pensando em ter neguinho e *now, suddenly*, me aparece esse porra louca, aqueles olhos azuis, aquele cabelo clarinho, a pele vermelha como crista de galo, queimada do sol de Salvador, me agarrando assim e me deixando com insônia num sábado de carnaval? Sai da minha cabeça americano louco. Quem te deu esse direito?

Domingo de Carnaval, depois de tomar umas cervejas com o meu taxista, ele foi pro trabalho e eu pro trio elétrico, porque, como diz Caetano Veloso, atrás do trio elétrico só não vai quem já morreu. Preciso dizer que eu passo o dia todinho lá de pé servindo os clientes? Além dos caras, tem até umas moças que vão lá me cantar e estender a mão pra tirar uma casquinha da minha bunda. Eu aceito sim senhor, porque a mão é delicada e as gorjetas são enormes. Bem, então eu estava lá no bloco e quem vem me encoxando de novo? O danado do crista de galo, aí eu fiz um escândalo, gritei que ia chamar a polícia, que na Bahia quem não grita não é ouvido, os seguranças apartaram, levaram ele pro outro lado e eu pulei a noite todinha seguindo a música, o ritmo, o atabaque, e até Carlinhos Brown veio com a Timbalada ajudar tudo a ficar mais lindo.

Eram 4 horas da manhã quando eu saí para encontrar meu taxista no ponto marcado e então lá veio o americano, desculpe, desculpe, eu não faço mais aquela coisa feia, só quero ver você amanhã na praia, posso ser seu amigo, por favor, só quero conversar um minuto, falou, naquele português arrevesado de criança de cinco anos. Mas falou!

O homem é mais insistente do que onda do mar, vai e volta, vai e volta...

Cara, amanhã à meia-noite eu vou entrar no trio e a gente conversa, que praia que nada, eu sirvo na lanchonete o dia inteiro, não vou dizer aonde. O gringo mora no Rio de Janeiro, trabalha no Rio e gosta dessa minha Bahia, que tem o sexo à flor da terra.

Então ele chegou à meia-noite e segurou a minha mão, vamos *emboria* daqui que eu quero você pra mim, só *pensa* em você, passei o dia todo *sofriendo* em vez de aproveitar esse sol, ele sussurrava na minha orelha eu sentia aquele bafo quente e gostoso e o cara era delicado como o meu deus preto, alguém pode acreditar nisso, não pode. O taxista só vinha me buscar às 4 da matina e, meia hora depois, eu estava na cama do hotel com o loiro.

Não vou repetir para vocês tudo o que eu sentia com aquele que a branca me roubou. Pois foi igual. O gringo era gentil, protetor, simpático, ria à toa, foi me envolvendo e eu então pensei talvez valha a pena ficar uns tempos com esse gringo de olhos de maresia, sei lá, não sei... Meu cabelo amarelo, já estou chamando o cara de meu, que merda é essa, tenho que levantar e correr que o taxista vai me buscar. Ele não quer nem saber, diz que vai casar comigo. Corri. Voei. Ainda flutuei um pouco no trio da Ivete Sangalo, suando o abadá pra não dar na vista. Estava louca de paixão pelo amarelo. Ufa, o meu homem ia chegar...

Na Bahia, peixe que se distrai vira filé... foi o que aconteceu com o taxista. Ponto.

Medo. Mas Carnaval é tempo de fantasia e acaba. Vou logo contando que a palavra medo e o verbo apavorar me mandaram de volta pra lanchonete. Eu solitária em Salvador, ele sozinho pro Rio. Quem pensa que o amarelo desistiu, esqueça. Eu lá servindo, um mês depois do Carnaval, a vida voltou ao normal, todo dia a mesma ladainha e haja ladainha *praquele* tanto de igreja... eu lá servindo e ele sentado na mesa, o dia todinho, queimado, salgado e belo, com uma paciência franciscana, esperando que eu concordasse em casar com ele.

Fui para o Rio passar férias e ele me tratou como uma princesa, me desejou como a uma rainha, me rasgou de paixão, me roubou a lucidez na cama e na vida... não queria que eu voltasse, mas eu conheço bem a palavra covardia.

Voltei, chorando mais que criança desmamada. Não acredito em conto de fadas. Eu, uma mulata pobre da Bahia, ele não vai me apresentar para a família lá *dos Chicagos,* vai ter vergonha de mim, pobre e negra... E depois, como dois e dois são quatro, me troca por uma brancona para ter aqueles filhos loirinhos que a gente vê na folhinha.

Parei de atender os telefonemas dele, tão insistentes quanto minha recusa.

Abri e aceitei os presentes que vinham pelo correio com a saudade doendo mais que sapato alto apertado, sem meia. Minha cabeça triste, meu tesão no pé, meus olhos vermelhos não viam nenhum macho mais por ali. Emagreci oito quilos, fiquei mais seca que camarão de acarajé.

O deus negro se ofereceu para me consolar, o taxista deu uma de irmão, que, na Bahia, quando o caso termina, quem não fica irmão é carimbado de burro.

Eu não aceitei porcaria nenhuma. Era como uma máquina, trabalhando no automático... Só pensava em guardar dinheiro para o abadá, queria o carnaval para sonhar, já que a insônia me impedia de sonhar dormindo...

Mas o carnaval demorava a chegar como ônibus quando a gente está no ponto, aquele nervoso, aquela ansiedade.

Eu estava lá no bloco prestando bem atenção à Ivete, pulando de orfandade, levantando poeira de raiva, sei lá o quê, saudade, o pesar profundo diminuído mas não curado. Ainda parecia uma flor murcha, a vida desfeita em ondas de suor e vento, a voz em tons graves, os olhos só vendo o chão. De repente, senti um abraço familiar, protetor, de quem me queria de verdade. Comecei a vazar lágrimas como um rio na cheia. As pernas amoleceram como pudim de tapioca. Dobrei e caí.

Um ano inteiro tinha passado e vem a vida agora jogando nas minhas mãos a oportunidade de atracar no recomeço. Dessa vez eu não desatraco mais do porto dele. Coragem, em lugar de bestagem. Na Bahia, quem tem medo morre cedo.

# NAVIOS APÁTRIDAS

*Eterno, é tudo aquilo que dura uma fração*
*de segundo, mas com tamanha intensidade, que*
*se petrifica, e nenhuma força jamais resgata...*
Carlos Drummond de Andrade

Olhos de vidro e só eles, podem ver emoções e excitações mentais. Sirva o coração numa bandeja de cristal líquido, de transparência total, límpida, lúcida, onde qualquer pequena nódoa pode por tudo a perder. Você se expõe como um traço a lápis num dia, dois traços a lápis no outro dia, mil traços no ano cinco mil e então terá se transformado numa imagem possível.

Quando só se considera a paixão, a força se multiplica muitas vezes e produz milhares de peixes, ainda que ninguém possa vê-los ou enrodilhá-los em redes porque eles estarão mais dentro de você do que fora, e a oferta da multiplicação tem apenas o objetivo de solidificar a percepção congelada em seus tímpanos. Se um sussurro vier à tona, tudo estará perdido, porque a frieza se deixou transmutar em suor e então a transparência será violada por todos os instrumentos óticos do mundo. Negro é o coração que se deixa violar, roxa é a emoção que se deixa invadir, verde é o sentimento que se deixa espatifar entre os vidros dos olhos alheios e, assim, nunca amadurecerá.

Emoções devem ser mantidas no cerne escuro, no recôndito de nossos espaços intermoleculares, virgens, clandestinas como passageiros apátridas de navios mercantes sem norte. Pressentimentos e pós-sentimentos devem ser guardados a sete chaves, sem violação, engolidos como vinho de borbulhante burburinho, ironizando e provocando a rotina.

Nas profundezas escuras do mar azul-marinho, os peixes ficam cegos porque, mesmo que enxergassem, nada veriam.

Seus olhos, inúteis, então se perdem na evolução da espécie. Assim deve ser o sentimento escondido no mais abissal orifício de um coração embaçado. Embosqueirado, furtivo, incógnito e sigiloso, como a luz que ali já não há.

Severa será a punição de quem deixa poluir suas comoções com os vergalhões do vento, os raios de sol ou com as acanhotadas passagens submersas do adeus. Seu recôndito voará como pássaro sem asas do mais alto patamar até o chão, sem nenhuma oportunidade de resgate.

# PARTIDA PARTIDA

*De longe te hei de amar — da tranquila distância*
*em que o amor é saudade e o desejo, constância*
Cecília Meireles

Ler o livro que ele leu e no qual rabiscou anotações. É como se vivesse a vida dele, que no passado fez os mesmos gestos, virou as mesmas páginas é então um pouco revivê-lo e a saudade se aplaca, como se estivéssemos lado a lado a caminhar pelo escritório, abrir e fechar as gavetas, deslizar os dedos sobre o couro da agenda do século passado abandonada como eu, a serpente me injetando um veneno fatal.

Mover as pedras do gamão alternadamente de um lado para o outro, sérios, melhor de três, ele incisivo na virilidade do vencedor, eu divertida, na feminilidade do companheirismo, ganhar ou perder, dublê de seis, cinco e dois, falta de sorte, ponto besta. Meu tricô, o jogo dele com um baralho de 40 cartas, minhas meias cerzidas, sua fúria com traduções mais feitas. Amor. Solidariedade. Paciência, nenhuma. Paciência é para os mansos.

Agora devo prestar atenção ao pequeno elefante de afroporcelana, depositado ali como um sudário, de costas para a porta de entrada, que eu ando precisando de sorte. Que tipo de sorte teria entrado em rajadas de vento por aquela porta que causassem essa partida repentina, com outra pessoa, nas próprias asas do alísio?

No sétimo livro da biblioteca doméstica, na segunda prateleira de cima para baixo, da esquerda para a direita, depositei minha longa e perene declaração de bem querer, minha semente de paixão com a esperança que brote, nasça e vingue num novo amor idêntico ao que antes se viveu em encantados momentos, ele sacando um livro e poesiando-se em desejos, eu me regozijando com a prosa, prefiro prosa a versos.

Manusear a lata em que ele guardara alguns selos, clipes e outras pequenas bobagens depositadas ali com fervor é como refazer os gestos dele que ali assisti como a um filme, cenas tão nítidas como se surgissem, diante de mim, os olhos castanhos claríssimos, cor de mel puro de cicatrizar cortes profundos, cortes em que me abandono, vivos, vívidos, ensinando-me a cantar a música que ele compôs.

Alcanço, jogada num canto da gaveta, desvalida como eu, a carteira de couro que guardava as notas arrumadíssimas em ordem decrescente e refaço cada um dos gestos de tira e põe as notas. E uma foto roubada de um momento naquela noite fria em que eu num surto de audácia, me aconcheguei àquele enorme corpo e pedi um beijo, então, cérebros e músculos em perfeita conexão, fez-se o ardor, o apetite e o suor.

Enquanto me sento sobre o couro soturno da poltrona dele, de quem também tento imitar a postura, as lágrimas escorrem, sou tão menor que nunca preencherei, falta corpo, mas estou aqui e este espaço, que um dia o envolveu, hoje me envolve num ritual de saudade que cumpro diariamente.

Na mesma sala, no mesmo escritório, no mesmo quarto, na mesma cama que hoje parece imensa, acídia, melancólica, trépida, imóvel como a própria casa que nos acolheu, penso em mim, nele, em nada, prostrada, cansada, devastada, passada, amanhecida.

Aqui, jazem meus pés onde jaziam os dele, bate meu coração no ritmo em que o dele batucava e talvez eu respire o mesmo ar que ele tenha exalado pelas narinas em seu último suspiro, numa oração pagã que nos torna a mesma pessoa, como a mesma pessoa nos tornamos, no auge da paixão, queimando o peito em sofreguidão vital.

Quem sabe se nessa repetência de gestos e quimeras, eu trago de volta a alegria que ele levou quando alçou voo nos braços do vento e, então, tomara pudesse compreender em vez de ficar repetindo gestos, tomara pudesse entender em lugar de recriar maneiras, tomara pudesse esquecer em vez de ensaiar seus passos com milimétrica perfeição.

# TRAIÇÃO

*A lealdade refresca a consciência, a
traição atormenta o coração.*

Marques de Maricá

Conspurcada a pureza dos lençóis de linho francês, hoje estão na moda os de algodão egípcio, mas naquele tempo só da Europa chegavam, de vapor, todas as maravilhas do mundo. O amante, quem seria o amante... Da boca de uns se ouvia que o velho e permanente suspeito, o motorista, sempre belo e mal posto profissionalmente, mas portando, além da Carteira Profissional de Habilitação, verdes de traiçoeiros olhos de serpente de água e, como uma delas, sabedor de esgueirar-se silenciosamente pela mansão. Da boca de outros, um amigo meio distante do casal, marido da amiga da amiga, estranhamente presente em todos os lugares onde eles estavam, o corpo ereto, magro como uma vara de marmelo, tomador exemplar e moderado de conhaque, o terno sempre negro como os olhos. O rosto, imaculadamente barbeado e limpo como os lençóis que conspurcava, (seria ele?) com suas invasões permitidas, proibidas, embebidas em pecados de amor e, acima de tudo, cruéis.

Ao lado do senhor da mansão, do senhor dos bancos, senhor de estradas de ferro (naquele tempo havia muitas, particulares), senhor de virtudes, senhor de senhores, uma mulher pequenina, bela, pálida, de cabelos negros. Os olhos castanhos, sem encantos tamanhos, todavia a pele... Ah! A pele era branca como seda, quase transparente como cristal lapidado em nuances róseas, transpirando sensualidade por todos os poros. Recatada socialmente, porém, sob os lençóis, um vulcão em erupção. Vovó, portanto, já sentiu volúpia. E era aquela sensualidade que alucinava, todos os dias, aquele senhor dela escravo, em cada passo, cada gesto, cada desorientação, que o pobre homem, meu velho avô naquele momento jovem, vivia desorientado de paixão, de amor, de dúvida, de soberba desacatada aos pés da amada, um ser humano angustiado que parecia prever cada gota da tempestade que viria, como veio e embora todos já imaginem o que seja, vou contar com o suspense necessário a todas as histórias que se contam no mundo.

Vou começar ao contrário e dizer que a pobre avó lá está, enterrada bem longe do marido, num túmulo distante e solitário e mais ninguém se enterrou ali para que o seu castigo fosse além da vida, transcendesse seus dias de respiração, para entrar com ela na eternidade e condená-la à solidão *post mortem* fato que, aqui entre nós, é uma bobagem porque a velha nem está sabendo disso, certo?

A primeira palavra dessa sentença foi ditada no dia em que o poderoso senhor perdeu um trem e voltou para casa. Como em todo péssimo romance de amor, lá estava o amante, prospectando cada uma das dobras do corpo dela. Lá estavam os dois, misturando-se, esbanjando suores, gritos abafados pelos beijos, enrodilhando-se em cachoeiras de paixão, dividindo os sucos do amor, enfim, impossível descrever o que viu aquele senhor e marido naquela tarde de sol e calor.

Escureceu-lhe a visão e, quase num tombo imediato, ele conseguiu dar meia-volta e sair do quarto iluminado, sentar-se por dois minutos na sala, tomar um copo de água servido pela criada desencontrada, beijar as duas crianças e sair para respirar ar fresco. Era só o que poderia fazer naquele momento para evitar espasmos e desmaios, náuseas e vômitos, pensamentos terríveis e duplo assassinato. Para evitar sangue, embora seus olhos vissem tudo vermelho. Saiu, portanto, respirou fundo e fez com que o ar inspirado lhe secasse o coração, endurecesse a alma, esvaziasse o cérebro de emoções e sentimentos. Ali, naquele momento, o senhor de tudo e de todos se tornou uma estátua de pedra.

Retirou-se da cena do crime, sem cometer nenhum crime, com uma dignidade nunca vista e foi ao clube, onde jogou gamão com os seus pares até o fim da tarde. Nenhum nervo de seu rosto deixou entrever os acontecimentos, nenhuma ruga a mais se plantou em seu semblante, nada havia acontecido, exatamente nada e nada aconteceria daqui para a frente, nada mudaria em sua vida e nem na de sua mulher e nem na de seus filhos. Apenas um detalhe seria adicionado: como ele agora era de pedra, não poderia falar. Especificamente com a senhora Marianna, com quem se casara havia uma década e meia e que lhe dera dois filhos, o menino e a menina, ponto. Ponto final é o que estava estaqueando sobre aquela união naquele dia que já era noite quando o engenheiro de quase dois metros de altura, respeitadíssimo por todos, pisou de novo na mansão violada.

Frio, como a pedra em que se tornara, chamou a governanta que estava lá desde o matrimônio e mandou avisar a mulher de que, daquele dia em diante não lhe dirigisse a palavra. E que a recíproca seria verdadeira. Seria um casal para sempre em silêncio, amém.

Que preço começaria a pagar ali aquela senhora, pelo escapar, pela transgressão, pelo prazer do risco, pela inconsequência, seja lá o que tivesse acontecido... Que alto preço pagaria aquela jovem de não mais de 32 anos, pelo resto de seus dias... Pior, o resto de seus dias duraria ainda mais seis décadas já que nesta família, além de ninguém mentir (traição é traição, não é mentira), todos também têm uma mania veemente de ultrapassar os 90 anos com orgulho e decisão. Onde quer que esteja vais te lembrar desta condenação ao inferno psicológico que te imponho e ao qual te empurro, como a uma cela sem barras, uma porta sem chaves, um quintal sem muros mas do qual não podes escapar, ele não disse, porém ela escutou bem e registrou. Essa aflição e esse vazio te acompanharão a cada interminável dia, a cada refeição silenciosa e a cada noite de solidão e de frios suores ao lado deste homem de pedra que, afinal, é teu marido.

Falando assim, na língua do tu, parece que tudo se congela em tom maior, mais pomposo e mais dolorido, que o erro capital se multiplica, que a dor se torna ainda mais concreta. Lá estava a pobre ré, deitada ao lado do marido, quase dois metros de altura, um belo homem, o corpo moreno abundante de pelos, o fantástico sexo que ela já experimentara, com todo o vigor de seus 36 anos. Lá estava ela ao lado dele, os braços e pernas musculosos, a barba longa e bem aparada como a de D. Pedro I, como convinha a um portentoso espécime do sexo masculino em fins do século XIX e começo do XX. Uma estátua morta. (E ainda por cima sem o amante, que desaparecera no mundo sem deixar resquícios.) O marido, educado, pai de família exemplar, com um orgulho marcado e marcante, exposto e desolador quanto sua incapacidade de perdão, não perdoei, não perdoo e nem perdoarei jamais quem conspurcou meus lençóis. Assim, ele granjeava os aplausos e o respeito dos machos, o medo e mesmo o pavor das fêmeas, tigre de raça em sua vaidade felina e aguda rapidez de raciocínio. Tão rápido quanto moderado, um tigre só pula sobre sua presa para matar, ou não pula. O pulo exato, calculado, fatal e certeiro pode vir tanto de uma adaga quanto de um olhar gélido, tanto de um revólver quanto de uma atitude de desprezo, tanto de um *uppon* quanto de um sorriso irônico.

Pior, quando vem em doses mínimas, veneno calculado, destilado diariamente em gotas de frieza, condenando à morte lenta quem o ingere, à suprema humilhação social, pessoal e física, à danação da vergonha eterna.

A pecadora passou a sentir ódio de si mesma e a renovar seu repertório de mágoas a cada dia, cada hora, cada minuto. Em raros momentos, a governanta lhe chegava com um recado decorado, repetido e vazio, o doutor mandou avisar que viajou neste fim de semana com as crianças, o doutor mandou avisar que vai para Londres amanhã de manhã, o doutor mandou dizer que vai ficar 3 semanas fora, o doutor vai trazer visitas para o jantar amanhã e pede que se comporte como uma dama, o doutor... que vá para o meio do inferno pensava a pobre mulher, mas calava, que calada também vivia desde a traição descoberta.

Sem vacilar nunca, sem o mais leve sintoma de recaída, com a frieza e a lisura do aço e a determinação de um chacal, ele foi envelhecendo pela vida afora, produzindo fortunas de dia e perdendo-as (dizem que de propósito, para não deixar a esposa rica, caso morresse) à noite em clubes de *bridge* e de pôquer da mais alta casta do Rio de Janeiro, de São Paulo e de Londres.

Divertia-se em perder milhões como quem sorri, de leve, lembrando-se que a vingança é um prato que se come frio.

Uma, duas, três casas perdidas numa noite de mais impetuosidade nas fichas, dez, vinte, trinta casas construídas no mês seguinte, outras tantas para transformar em fichas sobre o pano verde e diante de *full hands*, *flashes*, *royal street flashes*, dois pares, blefes e repiques. Com a cegueira permanente e definitiva de um marido magoado, vinte anos de silêncio na própria casa, os filhos casados e catapultados para longe daquele inferno silencioso, e ele ali, entre um rei de ouros e um valete de espadas, vendo e revendo a cada minuto a cena que turvou seus olhos para sempre. Ele a revia a cada dia, cada hora, cada minuto, cada segundo. Uma mágoa cortante como o estilete do demônio, um peso de mil quilos sobre a própria cabeça, atado à vida por um tênue fio de teia de aranha, que o senhor apenas agradeceria aos céus que se arrebentasse. Queria esquecer. Seus mil, mais dois mil, pago, mostra, seguida máxima, a única distração que lhe produzia adrenalina, no olvido do fato fatal. Tanto ele quanto a mulher estavam mortos, enterrados, andando como fantasmas, zumbis nas noites escuras, reféns de sua própria loucura, como o ódio pode durar tanto tempo, o que é tanto tempo para você, duas décadas são uma gota no oceano da história da humanidade, mais um conhaque e pode dar as cartas.

Ele, que mantinha a imagem dos dois amantes congelada na retina, como um filme que se reprojetava insistentemente, o coração murchando de paixão por aquela que não era outra senão sua esposa, a adoração reprimida, guardada em porões escuros, o amor esmagado como cristal sob um coturno, porém sempre revivido e renascido só pela lembrança de seus inesquecíveis perfumes femininos, bile efervescente, morreu de câncer no fígado.

Ela, que também nunca conseguiu esquecer aquela tarde, viveu bordando toalhas e ouvindo rádio o resto de seus anos, que foram muitos, 20 mais que ele. Obteve (sabe-se lá se os deuses perdoam) direito pleno a duas décadas de paz, depois que ele se foi, porque o bendito silêncio de um morto machuca menos do que o maldito silêncio de um vivo, e ele que vá se danar no inferno e que as chamas o queimem lenta e eternamente, camada por camada da pele, como me queimou em vida. E que estas queimaduras causem uma dor insuportável, horripilante e cruel.

Foi levada àquele túmulo solitário e distante pelo filho e pela filha que, mais frios que a lápide que a cobriria, nunca aprenderam a soletrar a palavra clemência.

# VIÚVA

*Viúva é como lenha verde,*
*chora mas pega fogo...*
(Provérbio português do século XIX)

Chorei por ele ter partido tão cedo e pela morte violenta, bradei aos céus pela injustiça, gritei em silêncio, masquei sangue pisado, bebi fel em colheradas, a garganta raspando como se por ela descesse a areia de todas as praias do mundo. Quase me flagelei com chibatadas nas costas, para me machucar um pouco em homenagem àquele que havia sido machucado por inteiro. Arquei com um caminhão de culpa nas costas, chumbo derretido que queima e traz o peso dos pecados humanos.

**O dia mais feliz da minha vida foi o dia em que o meu marido morreu. Sei disso hoje.**

Dormi muito mal na primeira noite sem ele, a cama parecia enorme, acordei três vezes suando litros, troquei o lençol molhado, inundei a fronha de lágrimas amargas, troquei a fronha, pensei até de manhã no que é que eu iria fazer sozinha. Levantei abalada, parecia que tinha passado uma motoniveladora, daquelas de estrada, sobre mim, meu corpo com a densidade de uma folha de papel de seda, transparente até.

Sou viúva, agora. Que palavra, essa. É até nome de uma aranha venenosa e peluda: viúva-negra. O peso quase nos atira na cova junto com o marido morto. Chorei o dia todo.

No entanto também existe uma opereta que se chama *A viúva alegre* e a protagonista tinha uma dezena de pretendentes...

Todos pensavam que eu chorava por ele, nossa, que esposa adorável, como ela amava o marido, que dedicação, que exemplo a ser seguido... Eu chorava por piedade de mim. Não sabia exatamente como enfrentar a perda do suposto amparo masculino, que me estonteava. Pensei em voltar a trabalhar, em mudar de cidade, me descabelei, fiquei revoltada. Queria ter ainda um beijo daquela boca, um abraço daqueles braços, um entrelaçar de dedos. Estava exausta.

**Ele foi atropelado. Morreu com saúde. E há anos não me dava um abraço protetor, um beijo de amor, não pegava minha mão. Sequer um olhar carinhoso, lá de longe. Lembrei, registrei, dei meu primeiro sorriso.**

No dia seguinte esvaziei o armário e mandei tudo para o asilo dos velhinhos. Meias de cadáver me dão nojo. Sapatos de defunto me dão engulhos. Em algumas malhas, um perfume distante me pregou uma peça, trazendo à tona um fio flutuante de saudade e uma réstia de melancolia temporona. Como quando a gente volta à casa da mãe e sente aquele cheiro familiar da comida materna, com tal intensidade, que quase o seguimos. Basta um sopro, como a vida, e o aroma se desfaz no ar.

**Ele usava um perfume leve, mas sempre de manhã, para ir ao trabalho. Nunca para sair comigo. Ele não saía comigo.**

Na missa de sétimo dia me emocionei. Algumas pessoas, como a mãe dele, claro, choravam. Outras se fingiam de tristes. Eu, de azul-marinho, depois de me autoproibir o negro, quase derramei algumas lágrimas. Resolvi, porém, que não iria dar o prazer da tragédia aos espectadores nem da primeira, nem da segunda, nem da terceira fila, e muito menos aos da arquibancada. Todos haviam acompanhado o nosso casamento, o nascimento das crianças, o degringolar do sentimento e a solidão que dividíamos, ultimamente, juntos. Sem drama, nem tragédia. Não tenho vocação para atriz.

**Se ele não tivesse ido, a separação seria inevitável. Talvez esse seja um final mais digno. Azar dele, sorte minha. Não tenho coração? O que querem que eu diga?**

Ele morreu há três meses, exatos. Relembro a primeira vez que precisamos nos separar, quando éramos amantes. Desgosto, sacrifício, quando o avião decolou parecia que tinha levado um pedaço de mim. Piegas, penso agora. Prendi o choro, fiquei com um nó na garganta e, durante aqueles três meses em que ele trabalhou fora, não tive nenhum prazer. Via qualquer azul e lembrava os olhos dele, via um rapaz de costas, era ele, saía com os amigos e sorria por obrigação. Não vou vê-lo nunca mais e não faz mal. Parece que ele nunca esteve ao meu lado. Tenho dado boas gargalhadas, sem remorso. Renasci e aproveito bem meus dias e minhas noites. A alegria pousou como um pássaro na minha janela e eu abri para que ela entrasse. Piegas de novo. Lixa.

**A palavra viúva pode representar o meu estado civil, porém não representa o meu estado de espírito.**

Um ano depois. Missa, rostos pintados de tristeza e batom, uma recordação distante da existência do pai dos meus filhos. Mantenho viva a lembrança para as crianças, que grande homem ele era, adorava vocês, pai exemplar, sou só elogios. Marido médio, esquecível. Não, não tenho nenhum namorado e nem tive, neste ano. A solidão também é uma fatia de bolo da maçã proibida do paraíso (piegas de novo, dane-se) que se saboreia, garfada a garfada, a delícia, o deleite, a fruição e os pecados da liberdade.

**Adoro merengue. Adoro suspiro. Na cama.**

Todo mundo merece uma cama macia só para si, o travesseiro de penas de ganso, o colchão fofo, o cobertor da mais pura lã de carneiro, um sono de criança, sentindo as texturas em cada poro... Eu mereço ler um bom livro sem ser interrompida. Eu mereço bater as minhas fotos e fazer minha caminhada sem ouvir críticas ou reclamações. Eu mereço a paixão de uma música do Chico Buarque, sem as picuinhas dos ciúmes tolos do macho de plantão no sofá. Pior: vendo todos os jogos da primeira, da segunda, da terceira e da décima divisões, sem contar o campeonato da Alemanha, da França e da Itália e do futebol da várzea mais distante.

Eu mereço sair com as crianças sem aquele mau humor de quem está perdendo o futebol essencial. Eu mereço.

**Ele roncava.**

# EU NÃO DISSE ISSO

*No caráter, na conduta, no estilo, em todas*
*as coisas, o simples é a suprema virtude.*
Henry Wadsworth

Eu disse isso, mas não foi isso que eu quis dizer.
O que eu queria mesmo era um sorvete de milho verde, um banco de praça à sombra de uma mangueira frondosa como aquele flamboyant do pátio da estação e pra que mais, meu dia está feito, o que você fez hoje, tomei sorvete de milho verde na sombra. Nem adianta ficar dizendo que vagabundo não faz nada nesta santa vida, uma porcaria de pessoa, mas se eu trabalhei e aposentei, não é pra isso mesmo?

Nem responde, nem responde que não vai adiantar essa conversa mole. Desde o tempo em que eu misturava massa de cimento com cal, areia e água para construir essas três casas de que falo agora, que são minhas e eu caprichei tijolo por tijolo e telha por telha, esse povo dos escritórios só indo pra escola e eu lá em cima do andaime, esse povo vai envelhecer no estudo em vez de providenciar um teto, fica aí nesses tal de livros pra lá, livros pra cá, que livro não tira ninguém da chuva, não senhor. Eu disse isso, mas não foi isso que eu quis dizer. Eu não gosto de ofender ninguém, não senhor.

No mundo tem as pessoas que fabricam, as pessoas que escrevem e as que plantam e criam. E a gente faz a casa para trocar o serviço pela geladeira, pela bicicleta, pela comida. Senão eu ia ter que morar na casa vazia e comer tijolo com argamassa. E quem fabrica tinha que comer Volkswagen e quem planta tinha que morar numa cabana mas ia passar bem do estômago. Eu disse isso, mas não foi isso que eu queria dizer. Eu não sou de ofender ninguém, não senhor.

O dia todinho subindo e descendo de escada, dando acabamento na casa dos outros, numas casas que não me deixam nem entrar depois de prontas, eu nem quero, fiz a casa todinha, sei ela de cor, cada porta, cada janela, alçapão, degrau e sei também onde estão os cano, os conduítes de iluminação, de antena de televisão, sei tudo, pra que ainda ia querer entrar lá, pra ver sofá, não, muito obrigado.

Eu às vezes penso que os canos de entrada de água e os conduítes de entrada de energia, de força, de eletricidade, do que você quiser chamar são as artéria, os esôfago, que leva o bom alimento pro estômago quando traz a água purinha de transparente pra dentro da casa e então eu fico comparando que aqueles canos de saída de esgoto que a gente embute nas casas também têm no corpo da gente que são os cano de saída da gente, que leva o lixo pra fora e a bexiga, a gente fabrica bastante lixo igual que nem uma casa. Eu disse isso, mas foi isso que eu quis dizer. Eu não gosto de ofender ninguém, não senhor.

Então, o dia todinho fazendo a casa dos outros eu pensei que seria mais do que necessário e justo que eu também arredondasse a minha e danei a me arrebentar pra comprar um terreno e consegui, no fim, um miudinho e ali, à noite e nos fins de semana, fui desenhando a minha obra bem devagar e dois anos depois a casa estava lá, pronta de dar orgulho, o vermelhão no chão, os azulejos em desenho de prisma, de esguelha, não aqueles azulejos retos do banheiro dos outros, mas bem desenhado em diagonal, o rejunte bem cuidado, como se fosse um sonho que virasse verdade, ela tava todinha lá, e eu quase nem acreditava.

Mesmo pequena, cada pá de massa eu tinha misturado e aplicado, a caiação me queimou a mão, mas ficou branquinha como véu de menina em primeira comunhão, as janelas azul como o céu e a porta também. Faltava plantar umas roseiras no jardim, mas pra isso eu num levava jeito de jeito nenhum, ficou meio terra batida, meio grama até muitos anos depois, quando eu casei, mas isso depois eu conto.

Como todos sabem nessa cidade de primeira, tão pequena que quando a gente engata segunda no caminhão já saiu vilarejo, eu sou guloso. Eu sou de comer muito, que nem que galinha de granja, só paro de comer quando apaga a luz. Por isso fiquei assim meio gordinho apesar do trabalho pesado, eu disse isso, mas não foi isso que eu quis dizer, ia registrar que nunca na vida provei um gole de cachaça, nem de cerveja e nem de vermute contini e nem de conhaque que o povo vira no balcão do bar, porque impliquei que o meu irmão não só provava como tomava todas as garrafas que via pela frente, não quero ficar jogando pedra. Eu disse isso, mas foi isso que eu quis dizer. Eu não sou de ofender ninguém, não senhor.

E daí que me chamaram pra tirar do chão uma casa bem grande e era bem difícil porque os fios subiam três andares, os conduítes também e o desgraçado do prédio era de apreciar mesmo, material todo de primeira, tinha vidro pra tudo quanto era lado, me roubou três anos de trabalho cerrado, mão machucada, corte em folha de zinco, em caco de telha, em azulejo pontudo, foi tudo. Eram oito horas por dia, pegando no breu mesmo, tinha que ter alguma compensação com aquilo, senão ia ficar de veia virada, não parava de pensar nisso e então vendi a alma pro diabo e comprei um terreno um bocado mais ajeitado que o primeiro. No interior as coisas são assim, a gente vai mais longe e compra meio que fora da vila e então fica em prestação, o turco do armazém não tinha mesmo o que fazer com aquilo, que pra ele era uma porcaria e pra mim era ouro sobre azul, era por do sol vermelho e amarelo, o mais lindo do mundo.

Então eu construía de dia aquele predião, depois do expediente, duas horas por dia e no fim de semana, pegava até meia-noite, que saúde nunca me faltou pra isso, e então eu acertei de levantar mais uma casa pra nós. Nós, porque agora eu já era casado, minha mulher gostou da casa nova e a gente alugou a pequena e já entrava um dinheirinho a mais porque vinha criança pelo caminho.

Não precisava essa pressa de ter criança, mas nunca cuidei de cuidar disso e tchibum, foi erro de cálculo da folhinha, foi bom, no fim, mas esta história eu também conto depois. Menino, no fim, é sempre bem-vindo, eu disse isso e foi isso mesmo que eu quis dizer.

Fico aqui pensando no sorvete de milho verde e que eu repito tudo muito repetido, mas tem tanta história que eu já deixo dezenas pra amanhã ou pra daqui a um mês, sei lá, acho que é assim mesmo, a gente aposenta e fica falando.

Minha pá de pedreiro, minha enxada de misturar massa e meu serrote de cortar viga marcaram ponto em metade dessa cidade. Meu prumo aprumou muita casa e muita cabeça de gente louca que queria jogar o dinheiro fora em vez de construir. Minha caiação tornou branquinha muita alma preta de pecado. Claro, claro, ajudei a levantar a igreja, eu, e depois meu filho, aquele, do erro de cálculo, também ajudou. O moleque veio primeiro, a menina depois, daí outro moleque e fecha a fábrica que meu braço tá ficando cansado de aparelhar piso. Pra nós eu levantei quatro casas nesses 30 anos de deus que passei puxando roldana de cimento pro telhado e parafusando comutador e instalando tanque e pia e os cambau. Eu disse isso, mas não foi isso que eu quis dizer.

Tenho 55 anos e a minha mulher tem 53. Os moleques eu esqueci a idade certa, pergunta pra ela depois que ela sabe direitinho até os aniversários. Aposentei e aluguei as outras casas e os meninos e a menina vão pra escola e vão se virar como que eu me virei: tem um pedreirão de forno e fogão, o garoto é bode velho mesmo, obedecedor, aprendedor. Tudo que eu ensinei e ensino ele fixa pois a ideia dele é boa. A menina quer estudar pra enfermeira e o outro menino quer estudar pra engenheiro.

No começo eu pensei que era bobagem porque eu mesmo sempre construí minhas casas sem o auxílio desse profissional e nunca nenhuma caiu. Mas depois eles foram me convencendo de que os dois juntos podiam montar uma empreiteira, podiam acertar os pincéis e os assentamentos de assoalho que hoje todo mundo quer e eles mesmo erguerem pra gente mais umas quatro casas assim como eu ergui. Concordei, meio que do contrariado. Só me faltava mesmo meus filho envelhecer no estudo que nem eu criticava nos outros. Eu disse isso, mas não foi isso que eu quis dizer. Eu não gosto de ofender ninguém, não senhor.

Amanhã tem sorvete de coco. E a mangueira continua distribuindo, de graça, uma sombra sem tamanho. O bezerro desmamado do meu moleque pedreirão fica só me chamando pra ajudar a erguer a casa nova da família no terreno que ele comprou com a grana de um prédio que conseguiu no ano passado. Moleque de têmpera, como bom cimento. Pensando bem, vou dar uma mão, ainda tenho um bocado de lenha pra queimar. Eu disse isso, mas não foi isso que eu quis dizer. Não gosto de ofender ninguém, não senhor. Muito menos um moleque que é meu.

# TRÊS ANOS

*Futebol é muito mais do que
uma questão de vida ou morte*
Bill Shankly

Todo mundo tem direito ao escárnio, à crueldade, à zombaria. O desdém da mulher amada, depois de três anos, é detonador destes sentimentos chulos, rés do chão, passados a limpo entre o solo e a barriga da cobra. Eu digo três anos bem vividos, seriam mal vividos, ela repete mil vezes mal vividos, quantos beijos trocamos e quantas vezes nos amamos nestes três anos para ela agora vir garantindo, com a mesma certeza de que o sol vai nascer amanhã, que foram mal vividos. Talvez. O tempo começou a demorar a passar para ela. Duas horas ao meu lado naquela sala aconchegante de paredes verdes e sofá bege mole, demoravam vinte. E, mesmo eu indo para o futebol que é o que mais gosto no mundo depois dela e ficando fora umas quatro horas, quando voltava ouvia aquelas observações congeladas, já chegou, nossa, como passou rápido.

O tempo do farol vermelho nessa pequena cidade a noroeste da capital, também é lento, é um tal de batucar na direção, mudar a estação do rádio, descobrir defeitos na barba, como está esquisita e grande, na minha sobrancelha, acertar a gola da camisa, que mania besta essa de passar o indicador entre o colarinho apertado e o pescoço, assim, como se coçasse há anos... Talvez coçasse...

Atraso de vida, o que é? E agora ela, com aqueles olhos cor de mel fixos em minha boca esbranquiçada, grita que estes três anos ao meu lado não passaram de atraso de vida. Foram 1095 dias, mais de 26 mil horas sem sal. Atraso é tempo no vermelho. A gente está devendo tempo quando está atrasado.

Só não foi atraso ter tido a menina, uma linda e simpática filha, ela joga na minha cara.

Foi o único lucro... eu não merecia ser tachado de prejuízo, ah! Eu não merecia e nem mereço, ainda que não seja nenhum galã, com meus olhos e cabelos pretos e a pele de tão branquela, feia, transparente. Tempo perdido é bolo que embatumou, música que desafinou, é sonho desmoronado como casas sob temporal. Tempo perdido são nuvens negras que antecedem a tempestade, que nos esvaziam de coragem, nos encaçapam de tristeza e nos perseguem aonde quer que a gente se esconda. Onde está escrito que a gente deve se acomodar e ficar ruminando a rotina dentro do próprio coração? Guarda o coração na gaveta, tira a frieza que está lá guardada e incrusta no peito. Vai guardando e tirando sempre que necessário. Talvez desnecessário.

Um amor tem que ser desrotinado, tem que ser enfeitado de louros, é mais frágil que porcelana fina, assimila rachaduras, vaza, e o pranto derramado passa por elas como um riacho... e o coração se quebra junto com o amor e... será que eu estraguei tudo nestes três anos?

O tempo de um beijo, depende de quem a gente beija. O tempo da transa – transar com parceira ruim é como assistir um filme idiota, sem poder sair do cinema. Será que ela se sentia assim como quem não pode sair do cinema enquanto caminhava ao meu lado, os cabelos castanho-claros soltos ao vento, o vestido leve, de estampado miúdo, a sandália rasteirinha, como uma criança, no calçadão... e escolhia um algodão-doce branco?

No começo do nosso acasalamento, toda a cidade nos via de mãos dadas, os pensamentos entrelaçados como os dedos, formando uma teia de planos quase reais, íamos urdindo aquela trama de projetos tão iguais nas nossas cabeças jovens, três anos é tão pouco quando se perde um grande amor, mas parece que me tornei um ancião de emoções pálidas, tristes, envergonhadas.

A medida do tempo é pessoal e intransferível, como convite para show da Madonna. Talvez.

Estar adiantado eu chamo de tempo no azul... ela sempre me atrasava. Eu ia ficando de tal maneira furioso que cada compromisso era sinônimo de briga como dois e dois são quatro. Depois de um tempo eu passei a mentir a hora dos casamentos, dos aniversários, dos jantares, onde está o convite, esqueci no escritório, mas sei onde é, não se preocupe, agora você deu para esquecer tudo no escritório e então não tinha mais briga, em vez de uma hora a gente só atrasava meia hora, eu me conformava como uma galinha tola criando patos e ela nunca descobriu, quer dizer que não foi por isso que ela me deixou, três anos de amor intenso, olhos um pouco apertados, sobrancelhas meio arqueadas, braços e pernas afilados, me manda embora assim, dava para ter tido dois filhos em vez de uma menina, dava pra ter viajado mais de férias, tirar três férias... bem que eu merecia mais umas férias ao lado da mulher da minha vida, a gente transava melhor nas férias, nossa, como era melhor, poderíamos ter saído mais com os amigos, quem sabe ela não seria menos infeliz e nem me mandava embora nem nada, meu deus, alá meu bom alá, meu sertão, minha cidade, meu litoral, meu diabo, meu pastor, meu buda, meu olorum, xangô, a quem pedir proteção agora que estou tão só?

Três anos. Tantas notícias se perdem em três anos, tantas pedras rolam, tanta água cai nas chuvas de três verões, tantas empresas vão à falência, tantas outras crescem viçosas. Tantos escritos vencem barreiras, tantas soluções desencontradas, tantos mares singrados, tantos versos inconclusos, tantas doenças venéreas e tanta evolução científica. Talvez.

É muito tempo ou é pouco tempo, quem souber responda porque eu, magro e alto e feio e fatigado e zonzo, perdi a noção, para ela foi muito e para mim foi pouco, pouquíssimo, eu daria dez anos da minha vida para ter mais três com ela. Que me importa agora viver se meu corpo está se recusando a reagir até pro futebol, que é minha maior paixão, dar chutão na bola e na perna dos adversários, convencer o juiz a roubar no relógio quando o time tá perdendo e acabar o jogo logo quando tá dando capotão...

Uma transa com ela parecia profunda como o rio dos meus desejos, longa como o Amazonas da nascente à foz e a mistura das nossas águas era imediata... os gritos abafados teriam sido roucos ou graves, agudos talvez, se eu tivesse dito que a amava mais vezes, talvez se eu a tivesse tocado com maior carinho e menor loucura, se eu tivesse me precipitado menos e acariciado melhor seu lábios vermelhos, se eu tivesse, talvez.

Foram três anos. E agora, aqui estou eu escrevendo esta carta final. Minha carta de despedida, não me importa o escárnio, não me importa a zombaria, o desdém, a troça.

A felicidade é ilegal, o sorriso é espicaçado, como prostituta em casa de família moralista. O amor é violentado. Por isso, depois de três anos, digo adeus, nesta carta tão confusa quanto minha saudade. Tão triste quanto o próprio autor. Talvez.

Primeiro vou jogar meu futebol amanhã à noite e depois eu vou partir. Também, vamos ser justos, mesmo o ser humano humilhado pelos cochichos irônicos de toda a cidade e pelos olhares condoídos dos amigos e inimigos, tem direito e um jogo final... um bico na bola, um grito de gol, uma cerveja gelada (como as palavras dela) depois do jogo, a camisa colada no corpo (como a camisola dela depois do amor), três anos, meu, e eu aqui nessa solidão de capivara velha em bosque queimado.

Mas que eu ganho a pelada de amanhã eu ganho, derrubo um com o cotovelo, o outro com porrada de ombro, estou meio puto mesmo que a vida não está me favorecendo no placar, então sai da frente seu gago filho de uma puta que lá vai chumbo, gago é o goleiro adversário que tomou uma bolada no peito e nunca mais falou direto.

Depois do futebol eu resolvo a data certa da minha partida desta vida para o escuro da morte. Eu quero pesquisar antes se do lado de lá tem campo com refletores noturnos. Por enquanto essa carta fica na gaveta, pronta. Digamos assim que a carta pode esperar uns três anos, o mesmo tempo que eu fiquei com ela. A mulher que me desgovernou, me entortou a antena, queimou meu juízo. Três anos é tempo, dá pra enfiar umas 60 bolas na rede e umas 60 caixas de gelada na cabeça. Eu dedico a ela estes meus novíssimos três anos de vida. Talvez.

# DE COSTAS PARA ZEUS

*Zeus é o éter, Zeus é a terra, Zeus é o céu. Sim,*
*Zeus é tudo quanto está acima de tudo*
Da mitologia grega

A primeira fotografia que tiramos juntas se perdeu. Nem poderia ser diferente, estávamos numa idade tão tenra, um aroma de hipoglós pairava no ar. A segunda, bem me lembro, foi sentada numa mureta diante das indescritíveis ruínas gregas de Agrigento, na Sicília, que nem víamos deslumbrantes, já que tudo com que a gente se acostuma perde o encanto.

É preciso dizer que eu não estou na fotografia, mas estou na fotografia, porque desci da mureta para bater o retrato, como se dizia naquele tempo. Assim, dei as costas para o templo de Zeus. Era uma excursão da escola, havia centenas de adolescentes, mas nós nos escolhemos para a foto da mureta, ninguém mais foi convidado, verdadeira política da exclusão, assim foi resolvido e assim será.

Paola, Milena, Sarah e eu. Era outubro e o céu não economizava no azul que despejava sobre aquelas doces (nem tão doces) e inocentes (nem tão inocentes) meninas. As oliveiras eram generosas em azeitonas, como se predissessem a extraordinária safra de azeite que viria, o vento levantava a poeira do chão seco, apesar das nuvens se esmerarem em pelo menos três regas diárias de água forte.

E o outono fervilhava de turistas... Lá estava eu, máquina analógica, filme branco e preto, enxergando as três meninas pelo visor, ouvindo passar atrás de mim uma procissão de idiomas, feliz, com a vida toda pela frente e escapando de uma tarde monótona na sala de aula, ouvindo o professor discursar cuspindo.

Bem, na fotografia, eu não estava, mas é claro que estava e não se discute mais, assim ficou resolvido e assim será.

Eu era ali, sentada, a quarta amiga invisível, por trás da lente, mas dentro do dia, da tarde, da memória de todas. Quem adivinharia, naquele dia distante em que as nossas vidas iriam se cruzar como linhas de bonde antigas, uma vem de lá, outra de cá, mas se encontram sempre nas esquinas da vida. Depois do clique daquela imagem premonitória, outras vieram, mas a principal foi aquela clássica da formatura do curso de professoras, tínhamos suaves 18 anos, rindo de nós mesmas, chorando como bebês, vamos fumar escondido, namorar no escuro, donas da verdade, dançar agarradinho, brigar aos berros, tentar suicídio de mentirinha, comer mais do que o necessário, tudo encharcado de azeite de oliva, limão e dialeto sicilianos.

Cada olhar, cada bocejo e cada pitada de volúpia eram tão intensos quanto a cor do mar da Sicília, o irreverente e exposto sentir italiano e o drama adolescente.

A partir dali, separadas, cada uma construiria sua história e eu vou começar por contar que uma de nós encontrou o príncipe encantado e vocês vão alegar que estou inventando, contudo logo vão se arrepender dessa acusação vazia, porque logo à frente vão ver que nem tudo na vida de Paola serão flores, como as dezenas de dúzias que decoraram a catedral no dia do casamento.

Como pelo menos uma das protagonistas desta história merece dar certo, que seja Paola, vou casar com aquele homem maravilhoso e ser feliz para sempre, a mais doce, distraída, ingênua e burra entre as quatro da foto da mureta. Paola era bonita e vinha de uma família casmurra, sem entusiasmo, gente que atravessa a rua apenas porque é necessário estar do outro lado. Eu estava sentada lá, no casamento, com as outras duas e ela no altar. Assim ficou resolvido e assim será.

Como os destinos são escritos com sabedoria por quem quer que seja e assim seja, foi isso o que sobreveio. Esse tal de quem quer que seja vaticinou para mim, que até hoje não perdi a mania de comer a pele do canto das unhas, uma estrada bem diversa e eu a cumpri submissa e solenemente. Por enquanto, saibam que me casei com um brasileiro.

Para Sarah a história talvez tenha reservado o melhor papel, pois ela se tornou cantora famosa na Inglaterra, para onde atirou-se sozinha, quase a nado, comeu o pão que o danado amassou, dormiu na rua, mas chegou lá.

Hoje é um requinte ter um retrato ao lado dela, a quem, não fosse por um escorregão arterial, eu jamais veria outra vez.

Milena se desbaratou por outros caminhos sem nunca sair da casa dos pais, é a segunda da direita para a esquerda na foto, a única que não se casou, contudo, perto dos trinta anos danou a engravidar solteira o que, na Sicília, digamos, não seria exatamente o mais apropriado, *é uma putana questa ragazza*, ou melhor, seria quase um insulto ao mundo, aos céus, a todos os deuses e ao diabo, mas para ela, natural. Assim foi resolvido e assim será. Tranquila, ensimesmada, pouco dada a derrotas ou a vitórias, preferia empatar em seus jogos. Estava sempre morna, Milena, nunca fervente ou gelada. Parecia que nem italiana era, tal sua graça, simplicidade e mansidão. Personagem de uma peça que parecia ter sido escrita há mil anos, seguia seu roteiro com correção. Apenas. Para ela tudo estava resolvido e tudo seria como fosse. Bom, assim está bom.

Com um menino e uma menina em torno dos 12 anos, uniu-se de corpo, alma, cama, mesa e banho a uma mulher simpática, médica romana e nem seria preciso dizer que desde então, pecadora ao quadrado, era vista pelos sórdidos juízes da vida alheia como se tivesse comido o pai e a mãe assados depois de assassiná-los. Para Milena tudo continuava a parecer natural e quem quiser que fique furioso, na verdade ela nem registrava estas reações, meio que pairava sobre os desacertos menores e as bocas malditas e quentes. No fim, quase que soterradas pelo dinheiro ganho pela médica em trabalho honesto, as duas vivem em Roma onde criaram os filhos e foram e são felizes há muitos e muitos anos, ufa. Assim será, enquanto eu rasgo a pele ao lado das unhas.

De minha parte, não sei por que desfiei, com começo, meio e fim, o fio da meada da vida da morena mais bonita entre as que estavam sentadas na mureta. Com seus olhos de gazela cor de mel, cabelos negros lisos e pesados como os de uma oriental, o corpo longo e perfeito: Milena escreveu um enredo mais árduo, ou o mais leve, não importava, tudo com ela se decidia sempre num bater de palmas, se deliberava num espirro, saúde, amém, perto de mim não tem ninguém. Milena nunca havia tido medo do futuro, como as outras três "habitantes" da foto.

Por enquanto vamos voltar à Sicília onde, numa cidade qualquer, vive um casal apaixonado, Paola e Giuseppe. Comerciante de prestígio e sucesso, o rapaz, *veramente molto belo*, ficou alucinado pela terceira menina sentadinha na mureta. Eles se casaram e foram felizes por poucos e poucos anos, não porque houvesse traição, sangue e nem mesmo um caminhão-tanque em chamas em seu caminho. Simplesmente porque ele, educado e gentil, era o próprio Etna encarcerado e veio a falecer aos 43 anos, de infarto fulminante. Isso deixou a pobre Paola viúva com três filhos ou melhor, deixou a rica Paola viúva com três filhos, agora morando numa *villa* em Roma, com um apartamento em Maiorca e uma renda mensal que não conseguia gastar. O casamento com o príncipe encantado terminou num funeral em negro, no melhor estilo siciliano.

Depois, à beira do Tibre, ela tomou gosto por algumas coisinhas, digamos que nem tão simples, roupas de grife e joias da Tiffani. Comprou uma assinatura dos melhores concertos e óperas no Coliseu, e mandou os filhinhos estudar na Suíça, antes que ficasse exausta.

Como vocês viram, duas das três mocinhas, agora já quarentonas, estão bem postas, cobertas de razão, de ouro e de euros, em Roma. Eis que senão quando uma terceira dispõe, sob flashes, suas dezenas de malas, carregadas por dezenas de assistentes, produtores e outros inúteis, no aeroporto de Fiumiccino para soltar a voz num show de música pop inglesa sobre um dos melhores palcos da cidade.

Eis que as outras duas resolvem assistir ao show, cada uma por si, separadas e unidas que eram por aqueles trilhos dos bondes de que falei lá atrás. Elas se cruzariam para sempre. Assim foi resolvido e assim será.

Uma quarta pessoa pisava o solo de pedras negras de Roma naquele memorável dia e resolveu ver o mesmo show, aí sim, já de caso pensado: eu.

Por motivos diferentes, portanto, depois de 23 anos, lá estávamos sob o mesmo teto.

Chovia do lado de fora, havia um certo frio, começava a apontar o inverno, vou dizer e ninguém vai crer, corria, fresco, um dia qualquer de outubro, o mesmo outubro da primeira fotografia. Só que agora caminhavam em direção ao teatro quatro mulheres maduras, muitos filhos e copos de vinho depois, muitas noites em claro e lágrimas, muita felicidade e fantasia, quilômetros de desejos, nenhuma economia de amor e desamor. Além de anos e anos rodados pelo mundo afora.

Éramos, na verdade, quatro pessoas bem diferentes daquelas quatro meninas de Agrigento. Entre nós só havia em comum uma foto. Por enquanto. Ninguém imagina que cheguei até aqui só para isso.

Aconteceu na segunda parte do show. Ou foi um fato isolado, ou foi o destino, ou o demônio ao vivo ou o raio que o parta. Parece mentira, conto da carochinha, fábula, história em quadrinhos, bobagem.

A verdade é que Sarah caiu no palco, com algum mal sério, já que havia sangue, vindo em golfadas, da boca para fora. Tomei a iniciativa, então, de costurar nossos destinos e corri em direção à cada siciliana já citada. Numa outra história conto como já sabia onde elas estavam, porque não sou imbecil. Eu vivia provisoriamente plantada em Roma, longe do meu filho e do meu marido brasileiros, para defender uma tese de doutorado. Dinheiro pouco, saudade deles e de mim mesma, muita. Assim foi resolvido e assim será.

Vamos voltar à pobre Sarah ali sangrando e a nós, agora abraçadas e assustadas pela pungência da ocasião que acabou nos levando para o hospital em que ela foi internada na UTI. E, em seguida, para a *villa* de Paola, onde conversamos, choramos, quase gritamos e gargalhamos até as quatro da madrugada enquanto sorvemos, em taças de cristal de Murano, sabe-se lá quantas garrafas do melhor chianti do mundo, o italiano. Sem culpa, saudamos a amiga desacordada. Em paralelo, eu comia a pele do canto das unhas.

Este relato agora se torna meio lento. Primeiro vamos lembrar que era impossível não curtir, na manhã seguinte, uma ressaca cruel de álcool e pranto, as cabeças pesadas como chumbo, pois mais carregada também de memórias e fatos benditos e malditos, louça partida que não se cola, mágoas e paixões jorradas, como em antigas fontes romanas, das taças de vinho.

Naquela manhã, com o sol voltando aos poucos, fomos tirando os óculos escuros, definitivamente abandonados quando recebemos o veredicto médico. Sarah tinha um mal que, se não estourasse em hemorragia, poderia matá-la, menos mal que estourou e ela está salva, descansa mais 48 horas e recebe alta, alta e bom som, podemos voltar aos óculos, ao vinho e às memórias.

Dois dias depois, claro, levamos Sarah conosco para o mesmo abrigo.

Fica muito difícil descrever aquele dia e espero que ninguém me atire pedras porque vou pular esse pedaço. Nada no mundo poderia mudar o fim desta história, nem os maiores terremotos, nem mais uma erupção do Vesúvio, nem uma era glacial absurda que se instalasse instantaneamente na Sicília.

O desenlace é previsível, mas devo recitá-lo até o fim.

Naquela casa, de repente, quase que num parto surreal, éramos de novo meninas, falando pela boca e pelos cotovelos, como se a vida tivesse parado. E, como entre crianças sem censura, instalou-se uma interatividade, no primeiro ato camuflada de tragédia e, no segundo, de paz. E no terceiro, depois de um dia e uma noite de catarse, plantou-se ali uma comédia, síntese da vida, não divina, mas humana comédia.

Assim foi resolvido e assim se fará. Rápido, um avião para Palermo, um carro para Agrigento, uma foto deve ser refeita, para que fique registrado esse reencontro e acabou-se a história, morreu a Vitória, como nos livros infantis.

Fechou-se instantaneamente a cortina que há dez dias se abrira, brindaram-se as taças, blindaram-se as bocas, os corações e os olhares se tornaram vagos, havia pousado entre nós a ave negra do adeus.

Até Milena, nesse dia, sentiu um arrepio na espinha.

A mesma mureta, a mesma posição, ei, *ragazzo*, vem aqui e tira logo várias fotografias para nós, de perto, de longe, de cima, de lado, de frente, temos que estar as quatro juntas nesse registro histórico-emocional e, quiçá, de novo, a guisa de profecia.

Sabemos que mesmo frágil, o fio não se rompe jamais. Assim foi resolvido e assim se fez.

Desta vez estou na foto, sentada na mureta. Bem ali, ó. Nada de dar as costas ao templo de Zeus.

# FILA INDIANA

*Nem todos os caminhos são*
*para todos os caminhantes*
Goethe

O primeiro a perder os óculos escuros foi o moreno. Nadávamos e deixávamos, preguiçosos como cobras moles, que a água gélida da cachoeira, caindo de seis metros de altura em fios brancos de algodão bravio, estimulasse a circulação, aquecendo os corpos. Estávamos, cinco amigos, no alvor desapiedado dos 30 e poucos anos, numa travessura. Água gelada em um frio sábado de julho, na gloriosa década de oitenta. Havia também uma pequena garrafa de boa cachaça que descia macia pelas gargantas profundas e nos envolvia em goles de tranquilidade e calor. À volta, a densa mata nativa nos integrava à vida e ao sol que, morno com viés descendente, ainda nos lavava com seus raios, pálidos como uma dama diante do primeiro pretendente.

Os óculos escaparam num mergulho afoito, pirueta em espiral, daquele homem de quase dois metros de altura, vigoroso como biotônico fontoura, be-a-bá, be-é-bé, be-i--biotônico fontoura. Ninguém se importou com isso e nem eu, mas hoje os acontecimentos embaraçam as minhas sinapses. Estou viva para contar a história.

O relógio cravava 11 horas da manhã quando ficou resolvido em assembleia geral que entraríamos na mata para cobrir uma trilha de 5 quilômetros, saindo a tempo do outro lado, onde o verde bordejava o vilarejo, de degustar umas trutas num bistrô acolhedor.

O fim de semana apenas se desprendera da melancólica placenta exausta da sexta-feira profissional, nascendo sob um céu de brigadeiro. Em fila indiana, pudemos ouvir os pássaros, absorver em longas inspirações (sem trocadilho) o aroma das plantas, saciar os olhos com a cor indescritível do céu, o verde como elemento vazado, experimentar o encanto de pisar em folhas secas crocantes que se partiam sob os pés.

Mesmo no comecinho da trilha, a segunda a dar *adeus, óculos, adeus*, foi a ruiva, no mesmo momento em que o mais alto entre nós, metendo a cabeça desordenadamente em galhos baixeiros, foi mordido por uma abelha desgarrada em busca de flores extemporâneas.

A trilha era tão larga quanto nossos projetos de vida, uma esperança quase sólida em elevação, no ar.

Tudo começou a se desvanecer quando todos desconfiaram, quase simultaneamente, que caminhavam em círculos como jumentos de moenda de cana. Os relógios marcavam mais de uma da tarde, tempo suficiente para que o outro lado fosse atingido. E a trilha se tornava estreita e úmida turvando nossos olhos, projetos, ambições e carências. A caminhada, quase uma corrida agora, vinha temperada de tensão.

Nem só de mosquitos e abelhas vinha alimentada a nossa preocupação: éramos adultos (suficiente) para saber quantas pessoas já haviam morrido perdidas, dissolvidas, mordidas, atacadas, apodrecidas ou esfomeadas nas matas desse Brasil afora.

Tem sempre um, como a ruiva, que resolve dar um show particular, aproveitando o acompanhamento da banda da natureza, canto de pássaros da tarde, expondo sem vergonha seus pavores, eu quero ir para casa, alguém tome alguma providência, como se isso fosse nos transportar imediatamente para o apartamento dela na Vila Madalena, em São Paulo e, por luxo, ainda depositasse na frente de cada um dois pedaços de pizza e um copo de vinho tinto, babaca, cala essa boca de caçapa.

Na triste e assustada plateia, no cenário imensamente assustador, o moreno segurou minha mão, eu te amo, nunca disse antes por falta de coragem, mas se não surgir outra oportunidade... ora ele estava mesmo considerando aquilo como morte iminente.

A declaração me apavorou mais do que a noite que viria, célere, mais do que a perspectiva de dormir entre morcegos e teias de aranha, será que tem cobra por aqui, será que tem onça e tigre e leão e elefante e tudo, perdíamos a capacidade de raciocinar, para enterrar a inteligência e os pés em buracos de tatu revisitados por pernas exaustas e trêmulas.

O baixo teve, milagre, uma ideia brilhante, enquanto, num pisão em falso, chafurdou na lama até o joelho. Num ponto de mata menos fechada, sugeria subir nos ombros do altão para ver se, lá de cima, enxergava uma saída.

Assim, botamos em prática a ideia do baixo, o mais tímido entre nós, suplente de qualquer coisa, suplente a vida inteira, nunca titular. Claro, como não poderia deixar de ser, ele próprio perdeu os óculos escuros e foi, em seguida, mordido por uma abelha. Uma garoa fina começou a cair e a desenhar gotas frias de diamantes multicoloridos em nossos cabelos, roupa e alma, encharcando assim o que restava do ânimo comum, que amolecia como papelão molhado.

O medo nos envolvia como um manto escuro e o temor do poente crescia em progressão geométrica. Estávamos ali, indefesos, como lagartixas em boca de gato.

Quieto, o baixo trabalhava arduamente na busca de uma saída que era hoje sinônimo de pedra alta, de clareira. Ele circulava o olhar a 360 graus, se a gente não escapar até as seis da tarde, se prepara que a madrugada vai ser longa.

Um escorregão ilegal, um tombo seco numa pedra lisa, uma nódoa negra como carvão mineral e o escorrer de sangue por mais de meia hora foram o prêmio do altão. Desgovernado, escorregava pela vida e pela mata. Entrado e saído, por vontade própria, de três faculdades, se metia hoje no mercado de serviços. No tombo, ele perdeu os óculos escuros, mas os olhos ficaram.

Surgiram, enfim, a pequena clareira e a generosa pedra que já dava boa vantagem de altura em relação ao solo, cinco

FILA INDIANA 153

minutos de tentativas e fracassos, o grandão conseguiu se pôr de pé e, sobre seus ombros, o pequenino. Seco como um palito, alto como uma vara de bambu, ele vergou mas não quebrou enquanto, o baixo, girando a cabeça em torno de si mesmo, buscava algum sinal de civilização (ou de incivilidade amontoada, tanto faz, estou rebelde, mas viva). Buscou algo com cara de vilarejo e achou, descobriu, encontrou algo de bom. Amém, adeus, assim seja, quero uma cerveja.

Desceu excitado, com um sorriso de vitória, mas o pé esquerdo ficou lá em cima obrigando-o a mergulhar na areia de cabeça. Os óculos caíram do bolso e ele, ao se por de pé, massacrou uma das lentes, que restou moída como açúcar refinado. Nem por isso o rumo do grupo deixou de ser traçado.

Aqueles não eram tempos de celulares, em GPS nem se ousava pensar, existia apenas a velha bússola que nós, na nossa superioridade humana, havíamos desprezado. Toma seu rumo. Toma seu norte que, de desnorteada, chega a sina dos obedientes.

Traçamos uma linha imaginária na floresta, marcamos com o olhar uma série de árvores e fomos retraçando, à medida que vencíamos cada metro, e haja paciência e força e reforço e esforço e repelente de insetos para vencer cada etapa. Como repelente não havia e o céu já perdia a luz, viramos patê de mosquitos, mas a mim eles estranhamente não picavam, quem era mordido tinha sangue doce, quem não era tinha sangue ácido, azedo ou amargo, diziam os parentes mais antigos e hoje eu acredito. Nada demais, que eu estou viva para contar a história.

Todos pareciam seguir a procissão de finados, sem velas acesas. Poderíamos fazer fogo, sim, porque alguns deles fumavam e havia fósforos. Se a necessidade se tornasse crítica jogaríamos a nível zero a consciência ecológica e aqueles advogados, médicos e uma psicóloga, reunidos ali, fariam fogo, sim.

As trutas que íamos degustar nadavam tranquilas no lago. As roupas que íamos vestir à noite estavam dobradas na mala da casa de montanha. O vinho que íamos tomar dormia, rubro e em paz, na garrafa preservada em temperatura especial. Os cobertores de nossas camas macias eram inúteis...

Sofríamos, ao mesmo tempo, com os suores frios, calafrios e calores vazios, de ventos gelados, gotas de orvalho e transpirações insalubres.

Nem vou ficar aqui falando de fome e sede. A gente parava pra fazer xixi, descansar, mas tudo aquilo ia nos roubando água e tornando a boca seca, talvez fosse essa a origem do silêncio, ou da voz rouca.

Era sobreviver ou sobreviver, andar ou andar. Como mudam os sonhos em situações inéditas, surpreendentes e acidentais. Tudo o queríamos enquanto estávamos no meio do mato era isto: chegar em casa.

Bem, se estou viva para contar a história é porque chegamos. Não sem que a ruiva quebrasse o pé num tombo e tivesse que ser levada, de cavalinho, no colo do vigoroso homem que me amava. Amava? Esta é uma outra história.

Chegamos, não sem que o baixo tivesse se arrastado por vários metros para redescobrir uma trilha e virasse herói, um herói bastante ferido. Não sem que o moreno derrubasse lágrimas de medo, que ninguém pode condenar pois o medo atravessava cada um dos nossos poros. Não sem que o altão revolvesse as profundezas de seu íntimo e as trouxesse à tona. Confissões em fundo verde.

Escapei. Trouxe daquela mata apenas dores nas pernas, nos braços e no coração, uma espécie de tristeza, abatimento, como se uma bruma pesada brutalizasse cada um de nós, salvos, mas perdidos para sempre. Trouxe daquela mata a lição de que a vida está sempre por um fio, frágil, de teia de aranha, que tece a seda e a sina, que tece o inesperado como tece a música soturna dos ventres tristes.

Teria sido aquele passeio o fim de nossa convivência, o fim de tudo para nós, uma amizade que se esgarçava como corda de navio velho? Algo bem sério havia acontecido ali e restava a pobre certeza de nos saber seres solitários num mundo de unos, num futuro projetado em solidões.

Bem, aqui estou contando a história. São passados exatos 15 anos, enquanto, de novo, o poente se avizinha e projeta sombras enormes sobre o caixão de meu último companheiro morto. No começo, não fiz nenhuma ligação entre óculos, abelhas e mortes, mas, depois, as evidências vieram como setas envenenadas perfurando meu peito, tornando-se vigorosas, tanto quanto o primeiro amigo, aquele que me amava.

O primeiro a quebrar os óculos foi o primeiro a morrer, de um aneurisma fulminante, três anos depois do dia da mata.

Vou ser rápida, porque este assunto me dá nervoso, insônia, me esmaga, estou só e tenho medo. A ruiva, que foi a segunda a quebrar os óculos, foi a segunda a bater as botas, com a mesma violência com que gritou no meio da floresta, alguém faça alguma coisa, mas ninguém poderia fazer nada e lá foi ela, levada por um acidente de automóvel, presa nas ferragens como tinha ficado presa na mata, mata, mata, mata.

O altão, terceiro a quebrar os óculos, foi o terceiro a morrer. Tão inexpressivo quanto sua morte, se foi em silêncio, como um boi segue ao matadouro, quieto, cabisbaixo, conformado. Ele tinha quebrado seus óculos em dó menor, ninguém ouvira um só ruído. O baixinho, quarto e quarto, morreu como viveu: pequeno.

As abelhas e os mosquitos haviam se banqueteado com o sangue dos agora mortos. Nunca com o meu, que ainda corre quente, nas minhas veias e artérias, mais vivo do que nunca, estou aqui bem viva, para contar a história. Meus óculos saíram ilesos daquela mata. Isola.

# O ADEUS MAIS TRISTE

*O fim do mundo é apenas o início*

Cheguei agora. Na casa fria dos cafundós do mundo, me escondo das mágoas. Ou não me escondo. Aqui não tenho passado. Tudo aqui é novo e simples, do fogão à geladeira, da tela que me liga ao mundo ao sonho de estar em paz, a esperança de uma noite bem dormida. Sem lembranças, não há o que dizer. Nesta vila, todos me olham com a desconfiança oferecida aos forasteiros em bandejas toscas de desprezo e curiosidade. Sempre igual.

De onde vens e para onde vais?

Chego do nada e vou para o nada.

Há um ano atrás, minha tristeza reboteou pelo apartamento na cidade grande, virou, mexeu, bateu, voltou e me acertou os olhos. Já não vejo nada colorido. Inchados de chorar, eles desejam o escuro da noite, a solidão do negro, preferem não ver. Fecham-se. As mágoas escancaram velhas revoltas, velhos pesares nunca cantados, atitudes desagradadas e agravantes. Vigorosas, inesquecíveis, plantadas como pedras afiadas no nosso estômago.

O mistério da desconfiança se instalou, o enigma da ira antiga pairando como fumaça no ar, fumaça que não se esvai, na decepção de tantos desacertos apenas pousados no fundo do lago, prontos à vir à tona e como vieram. Peixes carnívoros devorando fígados e corações.

As lágrimas vertem como a saliva, intermináveis. Dos átimos de reconciliação comigo mesma e com os outros brotam novas flores fúnebres.

Hoje, dessa casa distante, vejo nitidamente a sua dor como se olhasse de um binóculo neurótico, que me mostra imagens e supõe as palavras. Nessa casa distante, aqui estou, absente de mim, de você, da fuga vinte anos de vida que me atira no mundo, num lugar qualquer para onde se possa fugir.

Cada sílaba mal falada vem como uma bala no peito, como uma punhalada no estômago, cada sílaba como azeite quente nas costas. Como se a vida se fosse para sempre, foi-se o diálogo. A solidariedade se fez cobrança, a amizade se fez tortura, a presença se fez medo, o olhar carinhoso se fez gelo.

Em que ponto da caminhada restaram, caídos no chão e inertes, o amor antigo que aconchega, a confiança do calor no inverno, o fervor dos olhos nos olhos, a felicidade da presença, a quietude noturna na certeza do leito protetor?

Em que momento da convivência esquecemos o respeito, a solidão, a paciência, o entendimento? Em que instante da viagem abandonamos a mala que carregávamos, felizes, aquela mala prenhe de alegria?

Tédio. Perguntas.

Mesmo assim, nessa casa distante, pequena e melancólica, lembro de você e me sinto melhor.

# SOBRE A AUTORA

Jornalista desde os 21 anos, trabalhou 18 anos na Editora Abril, vários anos na Carta Editorial (sob Luís Carta) e outros mais na Azul. Foi diretora de várias revistas femininas, entre elas *Boa Forma, Vida Executiva* e *Dieta Já.*

Ganhou três prêmios Abril de Jornalismo, um concurso de contos infantis no Estado do Paraná (1970), o Concurso de Contos Curtos Cidade de Porto Seguro, em 2009.

Participou da antologia *Le grand Show des Écrivaines Brésiliennes*, lançada em 2010 no Salon du Livre de Paris.

É autora do livro de contos *Um velho almirante*, publicado pelo selo ARX (Siciliano). Atualmente é colaboradora da revista *Negócios da Comunicação*, colaboradora do site literário http://pbondaczuk.blogspot.com e do site *50anosdetextos.com. br* (sem o www).

Participou, como palestrante, da Flipoços 2011. Ministra oficina de contos em bibliotecas de São Paulo, SP.

## CADASTRO
# ILUMI/URAS

Para receber informações
sobre nossos lançamentos e
promoções envie e-mail para:

cadastro@iluminuras.com.br

Este livro foi composto em Caslon pela
Iluminuras e terminou de ser impresso no
dia 29 de Julho de 2011 nas oficinas da
*Orgrafic Gráfica*, em São Paulo, SP, em papel
Off-white 80g.